傻瓜

[美] 琼 · 西尔伯　著
秦程程　译

江苏凤凰文艺出版社
JIANGSU PHOENIX LITERATURE AND ART PUBLISHING

图书在版编目（CIP）数据

傻瓜 / (美) 琼·西尔伯 (Joan Silber) 著 ; 秦程
程译. -- 南京 : 江苏凤凰文艺出版社, 2020.8
书名原文: Fools
ISBN 978-7-5594-0073-4

Ⅰ. ①傻… Ⅱ. ①琼… ②秦… Ⅲ. ①短篇小说 – 小
说集 – 美国 – 现代 Ⅳ. ①I712.45

中国版本图书馆CIP数据核字(2019)第261506号

著作权合同登记号：10-2020-322

傻瓜

[美] 琼·西尔伯 著 秦程程 译

责任编辑 李龙姣
策划编辑 张莹莹
装帧设计 胡靳一
出版发行 江苏凤凰文艺出版社
南京市中央路 165 号，邮编：210009
网 址 http://www.jswenyi.com
印 刷 北京中科印刷有限公司
开 本 880 毫米 ×1230 毫米 1/32
印 张 6.5
字 数 124 千字
版 次 2020 年 8 月第 1 版
印 次 2020 年 8 月第 1 次印刷
书 号 ISBN 978-7-5594-0073-4
定 价 45.00 元

目录

傻瓜

在很多人看来，无政府主义者都是傻瓜。一九二四年我高中毕业，即使在我的少女时代，人们依旧认为无政府主义者是群精力过度充沛、滑稽可笑的天真放浪之徒。当时，激进派们还相信“行动宣传[①]”那套理论，时不时地对着政府首脑开一枪或扔几个炸弹。依我看，那些认为无政府主义者可笑的家伙忽略了一个重要事实：人活一生，难免在某件事上沦为傻瓜，比如爱情、宗教以及内心涌动的崇拜和钦佩之情。事实证明，我有几位朋友三者都占全了。但我的经历却是另一个故事。

我并非天生的无政府主义者，这条皈依之路是由阅读开始的。某天在大街上，有人给了我一本小册子，那是我首次接触到无政府主义。当然，其中也有表哥乔的影响。我们是第三代表亲，几乎谈不上血缘关系，但青少年时期，我俩曾跟随母亲出入教堂，参加救助穷人的慈善活动。母亲临时起意，决定捐赠些旧衣服，包括散发着霉味的羊毛外套、褪色的校服背带裙和成堆的男士礼帽。然而，母亲却害怕那些前来领衣服的穷人。

---

① 指对政敌采取暴力行为以此引发群众进行革命的理念。

教堂的地下室潮湿且阴冷，我们仨站在桌子后面，母亲恳求大家遵守秩序，排队领取，不仅如此，她还凑到我耳边叮嘱，不让我碰那些穷孩子；而此时，乔则小声地向我讲述着为什么我们的衣服多到穿不完，但穷人却衣不蔽体。

我出生在印度泰米尔纳德邦的马德拉斯，父亲是公理会派的牧师。我六岁时，全家搬回费城居住，虽然我当时还小，但这段记忆依旧残存。父亲是怀着巨大的幻灭感离开教会的，在印度这个充满苦难的国家，教派之间经常内讧不断，父亲被折磨得身心俱疲。在美国学校里，我的印度口音被同学们嘲笑，一群女生天天欺负我，追得我满处跑。

成年后，朋友们一听说我来自牧师家庭，就纷纷打趣说，我家里住着群宗教狂热分子。难道不是吗？虽然我自己也这样认为，可事实上，在我成长过程中，所谓的宗教狂热早已消耗殆尽。父亲只是个秃了顶、整天疲惫不堪的牧师，和同行们没什么两样，每次布道都是喃喃自语一通，不想看任何人的眼睛。相比之下，母亲则虔诚得多，甚至愿意不顾一切地投入慈善事业。

我讨厌妇女救助会，她们经常在我家客厅碰头，令人无法忍受。周日课堂也单调乏味，可怜的母亲在那里教课，整天讲些无可救药的陈词滥调。上高中时，我背上了恶名，因为我喜欢亵渎圣母玛利亚，对着她冷嘲热讽。比我更离经叛道的就只有乔了。某次在学校大礼堂，他递给我一张纸条，这家伙居然在模仿集会上宣读的圣歌。（双手干净、心灵纯洁的人一定是用硼砂水洗过。）

乔总是最理解我的人。他居然对我来电了，那是个寒冷的秋日，我在公园听几位演讲者讲述萨科和万泽提的故事。我倚着榆树，看见乔大步向我走来，他双腿修长，头发向后梳着，油光水滑的。

“他们以为我在图书馆学习呢。”我说。

“你的确在学习，薇拉。”

“我已经待了一会儿了。”我说，“你不冷吗？我都快冻僵了。”为了增强效果，我特意打了个寒战，然后把手贴在乔的脸颊上，好让他感受到寒意。我知道自己在做什么。

在某个瞬间，我的确对他动心了。乔摘下围巾，围在我肩膀上，然后又走近一些替我系好。“暖和点了吗？”他说。当时，气氛真的很温馨。

探讨世界观，交换意见，愤慨，发脾气，我们的爱就是如此疯狂，如此充满激情，有什么错吗？谈天说地时的引经据典，灵感的突然迸发，这种交流实在美妙至极。我们俩曾和工人一起，在纺织厂担任纠察员——当时是周六下午，父母还以为我俩去看电影了。我和乔搭乘有轨电车，混到人群中参加示威游行。乔步速很快，我们与大声喊叫的男学生一起挤到了队伍前方。我站在乔身边，发觉自己也在声嘶力竭地叫嚷。这是我第一次参加公众游行，第一次看到崭新的自我。

乔比我大一岁，高中毕业后在印刷所担任管理职务。他喜欢在社会上闯荡，也喜欢轮转印刷机和凸版胶印，但这份工作相当耗时，一干就是几个钟头。我也有弟弟要照顾，每周六，我都推着婴儿车，带胖乎乎的小罗伯特去公园遛弯，乔也跟我一起，他会帮忙推车，这样我才能挎着他的胳膊。

母亲以为我俩要谈婚论嫁，这完全是误解。我们根本没打算结婚。我们决定终生厮守，但不需要用一张纸来证明。我真心喜欢这个主意——爱，就要纯粹，用不着政府说三道四，也无须宗教人士批准。“合法婚姻”这四个字本身就是对我俩乃至全人类的极大羞辱。我无法容忍妹妹的说辞：“不登记乔跑了怎么办？他随时可能甩了你。你想当弃妇不成？”太过分了。这既是对乔的污蔑，也是对我的轻视。

即便与家人同住，我俩也不改初衷，连叛逆都光明正大。坦率是必需的，容不得一丝作假。父母虽是神职人员，但并不像其他牧师家庭那样保守严苛。他们没把我送到远亲家，也没将我锁进卧室。但乔却被拒之门外，他多次来访都未能成功。“你认为我俩会任你胡作非为，原谅你的荒唐举动吗？别做梦了。”妈妈声色俱厉地说。“我们必须遵守戒律。你难道不懂得上帝无处不在吗？你认为自己能超越上帝吗？”父亲也站在牧师的立场规劝我。

愤怒也许会让我的态度更坚定，但眼泪我就招架不住了。爸爸居然在哭泣！我那辛苦操劳、殚精竭虑的爸爸。他在墙那边哽咽，喘息到痉挛，发出一种极不自然的声音。我和乔究竟在做什么？我们是不是太盲目、太激进了。就像我的小学同学玛丽·伊丽莎白，她认为领圣餐前绝不能吃葡萄干。一粒葡萄干而已。在典礼上说话又能怎样？有谁在乎？残忍会是更好的选择吗？乔同意这个观点，但他却难掩尴尬，只能摆出一副似笑非笑的怪表情。我不想看他的脸，这简直是对我俩的伤害。所以，归根结底，我们都要披上伪善的外衣。手捧橘黄色鲜花站在大家面前，我心里在想：我很开心，但一切都是假装的。也许每个人在婚礼上都这样想吧。

我们在费城住了两个月，那间公寓距纸盒厂很近，站在窗前就能看到厂房的屋顶。待条件允许后，我们立刻远离家人，搬到了纽约一个不为人所知但气氛相当自由的街区。刚开始，我俩栖身于逼仄、偏僻的寄宿公寓，后来，随着交际圈日益广泛，我们搬入了村子，邻居是一对叫贝琪和诺曼的夫妇，还有单身汉理查德以及他的宠物狗巴枯宁。偶尔也有其他人来。我非常喜欢这里。

和他人不同，我们不怎么喝酒，事实上，我们并不需要喝酒——没有酒精的力量，我们照样大喊大叫，为某些问题争吵不休，用言语互相攻击，外加插科打诨。任何东西都要论个是非对错。理查德可谓满脑子奇思怪想。

“乔！”他说，“倘若你发现有人正在偷你钱包，你会怎么做？逮捕他？”

乔反对抓人去坐牢，我们都认为世界上不该有监狱——克鲁泡特金称其为“犯罪的温床”——这种东西存在。“先夺回钱包，再和他谈谈。”乔说。

“得了，还谈谈，”贝琪说，“也许那家伙宁愿坐牢。”

我赞成乔的观点。托尔斯泰的名著《复活》里的男主人公就是监狱制度的坚决反对者。我准备借此来说明自己的观点。

“听听她的想法，”乔说，“你们在听吗？”所有人都知道我比贝琪有学问。

“在托尔斯泰看来，金钱是一种新形式的奴役。没多少人读过他的随笔。”我说。

“只有你乐意瞧上几眼，我猜，”理查德说，“别自我炫耀，没用。”他的话着实令我尴尬，从此，我再没吹嘘过自己。

“我进过牢房。但我还是我，没有任何改变。”多萝西说。她是理查德的朋友，经常找我们喝酒。多萝西比我们年长，很快就三十岁了，曾因参加为女性争取选举权的游行而被捕。

就快轮到乔发言了，每到这时，我都会细细端详着他：坚毅的下巴，乌黑的双眸中尽显柔情。妈妈说婚后的第一年简直是灾难，但我们的同居生活还算顺遂，至少大部分时间如此。思想的迸发、理念的碰撞是促使我们不断前进的动力。当然，还有身边的一众朋友。

睡眠不足成了常态。午夜过后，其他人去几个街区之外的地下酒吧狂饮。他们大多靠打零工维持生计——为杂志撰写文章，为百货公司广告部设计流行女装的画稿，贝琪的钱好像是家里给的。乔在市中心的一家打印店上班，我则为附近的一家公司制作广告牌和标语。我从小酷爱绘画，装饰教堂的活儿都交由我来干。

这真是一段无比美妙的时光。乔喜欢辩论，他可以从头说到尾，始终保持滔滔不绝的状态。但每天晚上回家，他总要说上一句："真是累坏了。"然后猛地扑将过来，顺势把我压到身下，肆意释放内心的情欲。肉体的疲惫就这样被抹杀得干干净净。那些纵欲过度的销魂之夜当真绚烂多彩。

我们在暑气浓重的夏末住进纽约市区，还不到一个月，爽朗的秋天就近在眼前了，连晨间的空气都透着清亮。我决定走路上班，多享受享受这突如其来的新鲜馈赠，可惜，计划只持续了两天。我嫉妒多萝西，她在斯塔顿岛有栋房间内没装暖气的别墅，就坐落在海滩附近。周末不用进城上班时，一个名叫福斯特、性格十分温和的男人会陪她去那儿度假。据说，他们靠走私贩来的酒和福斯特打捞的鱼为食。他们还送过我一篮子海贝，个个精致可爱，泛着股干海草味，有大个的白海螺，还有闪着珍珠般光泽、轻薄如纸的铃贝，以及蓝色带黄条纹的牡蛎。我将它们放置在壁炉架和床头柜上。“就当咱俩在岛屿隐居了。”我边对乔说边把贝壳翻转过来，“呼啸的海浪声应和着内心的激情澎湃。”

“我听到了，听到了。”乔说。

乔和我不同，他从未去过海边。当初妈妈为说服我放弃乔，曾带我到泽西海岸散步。当时的我只觉得奔涌的海浪像极了巨兽的呼吸声，那是性的脉动。我知道性为何物，或者我认为自己知道——我和乔约会过几次，每每想起，兴奋又甜蜜的感觉就会萦绕心间。我和妈妈坐在沿沙滩而设的长凳上，海浪起起伏伏，雪白的泡沫卷曲翻滚着，怀揣着与乔有关的回忆坐在妈妈身边，我竟有种自鸣得意的感觉。

“我们可以坐轮船去科尼岛。”乔边说边脱鞋。

“这就是属于咱俩的小岛。”我对乔说。我平躺到床上，双手手掌朝下，垂在两侧。

乔喜欢赤裸裸的诱惑，但我也不能太没遮没拦。他冲上来抱住我，用另一只手关灯。倘若我直言不讳地夸他身材好，或拙嘴笨舌开诚布公地赞赏我们做过的某件事，乔会大笑着说：“是的，是的。”但其实他心里并不高兴。因此，我必须更正自己的行为。所有人都觉得乔更强势，但他们不知道两人共同生活需要相互磨合。自我牺牲在所难免。乔也一样。他学会了上床后少说话，除非我俩昏昏欲睡，没有做爱的兴致，否则基本不会在回顾与自省上浪费时间。争吵虽使人脾气暴躁，但也能及时提醒我们进行自我修正。

多萝西说过，夜晚的海滩最迷人，苍穹下，松柏的身影高大且纤细，房子里星星点点的灯光顺着海岸延伸开去，翻滚的巨浪隐藏于黑暗中，滔滔水声不绝于耳。我幻想着那个画面，眼前的夜晚是属于我和乔的，这是我们自己的海洋。一个长长的不眠夜，晨光熹微，送奶车从门口经过，空气中回荡着马蹄的嘚嘚声。

我俩起床时，只有一只带着警犬基因的杂种狗在厨房里走来走去。其他人习惯晚睡，但我喜欢定时上下班，且从不介意手头的工作。工作内容虽说不上有趣，但我仍能全身心投入其中。

整个下午过得相当愉快，我一直在制作广告牌——主色调是深棕和常青藤绿——文字如下：

亚当斯·芝兰

“带给每个人最真实的快乐”

底部还有薄荷叶图案。画叶子很简单，我特意将边缘设计成锯齿状，纹理小巧精致，枝蔓鲜活有力。我为自己的设计感到骄傲。

诚然，口香糖不怎么值钱，精明的进货商最爱这种随便鼓捣鼓捣就能卖的便宜货。贝琪从不买口香糖，爸爸也禁止我们姐妹吃口香糖，在他看来，只有奶牛才一天到晚嚼个不停。可怜的爸爸。印度人习惯在饭后嚼 beeda——将甜香料裹在叶子里——以此来清新口气，帮助消化。每次看到印度人将红色的汁液吐在大街上，妈妈都痛苦得要死，几乎流出眼泪来。

难过的妈妈。她是怎么熬到今天的。我有时会收到她的信。美其名曰写给亲爱的女婿，希望他能忍受我的厨艺！妈妈从未真正地喜欢乔，因为他企图玷污自己女儿的名誉，这是不可原谅的。我拿妈妈的信当笑话读给朋友们听，讽刺她言不由衷，好像我多么希望她有一说一，有二说二似的。

“你画的叶子怎么看都像被人踩过一脚的毛毛虫。”老板弗朗西斯先生如此评价我的设计。

“是薄荷叶，”我说，“我家院子里种过。”

“我竟然雇了个白痴？”弗朗西斯先生说，“我也够白痴的，是吧？”他对谁都这样说。

有时，他会以设计不合格为由克扣工钱。十或二十美分，反正够吃一顿饭了。弗朗西斯先生认为我们亵渎了艺术，必须接受惩罚。强迫加班，擅自增加工作量也是他的惯用伎俩。“对就是对，错就是错。”他说。有几次，我还给同事们发过宣传无政府主义的小册子，打算把几个工人组织起来，我胆儿不大，能做的也只有这些。

“你是我见过的最散漫、最没有才华的广告牌设计师。碰到你真是倒霉死了。”弗朗西斯先生说，“这是有目共睹的。不是吗？”

他总想让你同意他的观点，这是最糟糕的。

“不知道。”我说。

“不，你知道。”弗朗西斯先生说。

我把画笔拿到水槽，泡在盛松脂油的罐子里。“你知道。”他说。

水哗哗地流淌，我始终背对着弗朗西斯。我不想重新找工作。我们没有多余的存款。

“你知道。”弗朗西斯说。

屋里顿时安静下来。我应该转过身去，但我并没那样做。所有人都在屏息以待。

“我知道。”我说。

他会不会开除我？所有同事全盯着我看，换作他们当老板，也会做同样的决定吧。

“回家找你丈夫去，只有他能容忍你。”弗朗西斯先生说。

我穿上夹克走出房间，一路都在琢磨如何向乔交代。必须打好腹稿，尽量说得圆满些。今天的确太糟糕了，我从未受过如此严重的打击，但不管怎样，乔会永远陪着我，他就是那颗甜蜜的定心丸。

我没和任何人打招呼，径直走向客厅，脱下泛着松脂油味的夹克，坐在床上等乔回来。尽管疲惫不堪、满身墨渍，乔依然要听我发牢骚。

“他这么做不是因为钱，”我说，“就是欺负人。他控制不了自己。你觉得欺凌弱小是人类的本能吗？”

“当然，”乔说，“但有些必须加以克制。比如我们是受过教育的，不能乱搞别人的妻子。”

“去和他谈谈，明天还要去工作。”乔始终把手放在我的膝盖上。我倚靠着他那坚实的胸膛。“我已经妥协得够多了，不是吗？”我说，“丑恶的世界。”

贝琪建议所有人去地下酒吧狂欢，听到这个消息，我依然满心兴奋。即便刚刚经历了难以言说的痛苦，但没过多久，我就已经在酒吧引吭高歌了。贝琪的声音比我动听，但我喝了酒不跑调：“在广阔的大海上，美人鱼正在诅咒狂野的女妖洛雷莱。”

《美丽的追梦人》，我的最爱。不远处，乔和福斯特相谈正欢——福斯特坚信，戈雅是有史以来最杰出的画家。“胡说！应该是伦勃朗！”我反驳道。杜松子酒能让你理直气壮，毫不犹豫地坚持自己的观点。我不想和福斯特打架，也不想惹怒他。“我就是喜欢伦勃朗。”我平心静气地说，声音小了许多。

“那些描绘战争的蚀刻版画才是真正的艺术，谁会不喜欢呢。戈雅最棒。”

“麻风病人呢？”我说，“基督治疗麻风病人那幅画难道不是伦勃朗的杰作？”

“你们这些家伙根本不知美为何物。”贝琪说。

“美丽的追梦人，你俩成歌后了。”乔说。

“你绝对唱功了得，我打赌。”贝琪说，“会唱歌吗？”

“我的声音像半死不活的青蛙。”

“青蛙的叫声好听得很，”多萝西说，“堪比蟋蟀。”

看来大家更喜欢乔。我也觉得他更有魅力。口才好，善于自我展示，为人幽默，和蔼可亲。此时此刻，他正在用鼻音浓重的青蛙嗓吟唱《美丽的追梦人》，之后又唱了《斯旺尼河》。难道多萝西喜欢乔？也许我想多了。她的确不够安分，挑逗撩拨偶尔有之，但她爱的还是福斯特。

“有的青蛙可以把脖子涨到和脑袋一般大。”福斯特说。

“就你知道得多。”我说。

圣诞过后，天气越发冷起来，严寒刺骨，理查德犯懒不想出去，遛狗的活儿便落到了我身上。我经常在华盛顿广场遇到福斯特。他喜欢广场南侧银杏树旁的长凳，福斯特喜欢在户外待着，这点倒和狗狗很像。

“坐这里不觉得冷吗？”我说，巴枯宁正在摆弄福斯特的鞋。周日早晨，广场上人不多。

“无所谓。多萝西说我压根不知道有冷这回事儿。”福斯特回答。

“中国西藏喇嘛更厉害，冬天可以赤身裸体坐在外面，”我说，“估计他们能让自己的新陈代谢变慢。”

“恐怕我做不了喇嘛。”福斯特说。

“没关系，我并不感到失望。”我说。

福斯特面带微笑。他性格安静，和他聊天必须努力寻找话题。“我认识很多牧师。”我说。

“多萝西笃信宗教，对我而言，那就是迷信。”

巴枯宁正冲着一只松鼠狂吠，我解开它身上的皮带。尽管它什么都抓不到，但追逐猎物的过程更重要，有助于帮狗狗建立自信心。巴枯宁朝美国梧桐纵身一跃，可惜它能力有限，每次都上不了树。附近长凳上刚好有名男子在打瞌睡。为安抚自己，巴枯宁开始对着他嗅个不停。“巴枯宁！”我喊道，“离那人远点。”

小家伙哀嚎不止。“没戏，他不会醒过来陪你玩的。”我说。突然，空气中传来近似于吼叫的恸哭声，狗也能这样叫吗——长长的、汽笛般的震颤。莫非是那男子发出的声音？不对，他动都没动过。或许他早冻僵了，无法移动身体。

“我把巴枯宁叫回来。”福斯特说。

我和他一起走了过去。男人侧躺在长凳上，脏兮兮的外衣盖住身体和脑袋，双脚伸到外面——脚上满是灰尘，而且什么都没穿。这是一个怎样的城市啊？零上十摄氏度的大冷天居然有人不穿鞋？看那脚踝处皴裂的皮肤，简直和石头没什么两样。福斯特摸了摸男子的肩膀，动作很轻柔：“打扰一下，打扰一下。”

这是颁发禁酒令最好的理由！我差点脱口而出了。我要让男子听到我的话，这绝不是开玩笑。严冬时节露宿街头，还有比这更令人绝望的吗？福斯特俯下身去，试图窥视隐藏在外套下的脸庞。

“可以麻烦你待在这儿吗？我去找警察。”福斯特说。

“他遇到麻烦了？”

“没有。他不会伤害你的，放心。”

我掀开外套，注视着眼前的男子。从小在牧师家庭长大，我对死人并不陌生：嘴巴张开，眼神空洞，脸上写满无助。我不禁本能地发出一声简短的尖叫：“快去。”

福斯特刚走，我突然想起他还没给男子做全方位检查。也许他只是生病或者冻坏了，我能做些什么呢？我开始揉搓他的双脚，努力使其保持温暖。隔着手套，我能感觉到他的脚已经僵硬了，但脚本来就是僵硬的。我也许在惊扰一个逝去的灵魂，这真可怕，即便如此，我仍未停下手中的动作。我想起了多萝西，她当过战地护士，也许她知道该怎么做。

“没事了，没事了”，我对着尸体喃喃自语。他的头发又长又细，牙也坏了一颗。我答应过福斯特不能离开这儿，但我害怕这具尸体，也害怕男人突然活过来，给自己带来危险。眼前的男人危在旦夕，游走于生死之间，而我却在纠结自己内心的感觉，简直令人羞愧。

还有那双脚，绝不能让狗狗嗅闻。我一把推开巴枯宁的大鼻子。虽然我没机会亲自瞻仰圣体，但我能确定那就是上帝的脚。这怎么会错呢？此时此刻，我仍在埋头低语，一边说着“没事了，没事了”，一边揉搓男子的双脚，直到福斯特带着警察赶到了。

“请拴好您的狗，小姐。”警察说。他做了我们本该做的一切。他将手掌弓成杯子状，探测他的鼻息，检测手腕处的脉搏，将手伸到衣服里面看是否有心跳。

“情况很糟吗？”福斯特问。

“糟到不能再糟了。”警察说，“你们可以走了。谢谢。非常感谢。”

我本想说愿他的灵魂可以安息，但我没这么干，因为福斯特会认为我在冒傻气。我跟在他身后，沿着小路慢慢前行。

“周围怎么突然变得如此嘈杂？可能刚才我们一直在别的地方待着。”

“是啊，我还没回过神来。”福斯特说。

男子神秘地死去了，对于他，我们一无所知。前一刻刚刚见证了死亡，后一刻就要面对如此鲜活的世界。死神降临时的宁静仍在脑海中盘旋，久久挥之不去。我们漫步在公园的边缘，寒风依旧料峭，两人都默不作声——我喜欢这样。商店的橱窗，多么渺小，多么虚幻，多么幼稚可笑的地方。顶端饰有羽毛的礼帽，这东西究竟有何用？

福斯特把我送到家门口。“你去找地方坐一会儿，如果可以的话。”他说。

“要是早点发现就好了。”我说。

“想起来就生气，”他说，“根本没人关心流浪汉的死活。”

福斯特把手放在我肩膀上。我害怕接触他，我的手套触摸过男子的双脚，但我还是稍微向前探了探头。

数天后，多萝西告诉我，她已经为男子祈祷过了。

“你怎么祈祷的？”我说。

客厅里正在举办派对，气氛热烈，声音很大，我俩坐在一个角落。多萝西用手夹着烟，说：“但愿他的灵魂上天堂。除此之外还能祈祷什么？我给圣瓜德罗普的牧师塞了点钱，拜托他替男子念祝祷词。”

一贫如洗的多萝西竟肯为了这件事慷慨解囊？

“我们年幼时受过许多宗教方面的训练，不是吗？”我说。

“没有。”她说，“这么多年来，我只是喜欢去教堂而已。大部分是天主教堂。尤其是深夜，在我独自离家后，我喜欢看点亮的蜡烛。不仅如此，我还在心里默默祈祷。别问我听众是谁。

我也搞不清。”

多萝西的话令我大跌眼镜。我并不认为祈祷是疯子干的事——我家人经常祈祷——但我已经受够了。在费城时，我经常参加工人集会（包括游行），宣传小册子上写着“耶稣拯救奴隶”，至于“信仰上帝，露宿街头”这类话就更不必提了。这些口号，多萝西肯定有所耳闻。她是作家，多年来一直为激进派杂志撰写新闻报道。

“具备献身精神的人境界最高。”多萝西说，“有时，我从海滩步行至镇上，口袋里装着《玫瑰经》念珠。哪怕偶尔念错经文，也没什么大不了。”

多萝西是不是有点精神失常？我觉得是。我甚至希望她是。她也许配不上福斯特，这个念头居然让我感到开心，真是奇怪。我知道其中的意义。（我难道没有钟爱的丈夫吗？我有。）脑袋里想什么是我自己的事。不是每个自然形成的念头都有付诸实践的必要。思想是自由的。就像工人朋友们吟唱的那首德国歌曲：没人能否认，思想是自由的。

多萝西从盛朗姆潘趣酒的空杯子里掏出一块水果。祈祷词也能临时编纂，信手拈来，正因为如此，人们才会觉得她疯疯癫癫的吧。每次想到这个问题，我都会顿觉尴尬。多萝西内心敏感，极有个性。她愿意对着虚空默默吟咏祈祷词，那是她的自由，她有这个权利。

派对上开始播放《我的宝贝只在乎我》这首歌，它并非节奏欢快的狐步舞曲。乔过来找我借打火机。福斯特没来（他不喜欢派对），理查德充当了多萝西的舞伴。房间里烟雾缭绕，多萝西边跳舞边和理查德聊天，在灯光的映照下，她那闪闪发亮的短发显得轻柔缥缈，此时此刻的多萝西与我们无二，节奏感很好，专心致志地投入于当下，外表也称得上漂亮。一个如此热爱自由的人竟会笃信天主教？那些热衷于谋求特权，机构设置冗繁复杂，写满腐败堕落的宗教团体难道不该是最为她所痛恨的吗？关于这个问题，我与乔讨论了许多次。多萝西并非出生在笃信天主教的家庭，如果她真心实意地热爱教堂，那意味着什么呢？“宗教制造出的幻象让我毛骨悚然。”乔说。他指的是神灵、耶稣或其他。你可以像多萝西这样，一边拒绝妥协，反抗压迫——我再也不想跪着祈祷了——一边对某个看不见的神灵卑躬屈膝吗？“不可能，我做不到。”乔说，“告诉我一个不用低头鞠躬的宗教。”

我不愿思考这个问题。既然脱离了父母的掌控，我就不想再为生活下任何决断。但我看到了多萝西内心的悸动与虔诚，她对祷告的执着，对信仰的坚守和渴望。早晚有一天，她会觉得我们肤浅。但我们也有自己的信仰，那就是推翻过去的愚蠢，迎接崭新的未来。“在她眼里，咱什么都不是。”乔说。

“别自以为是，”我说，“那不算事儿。”其实，我也很受伤，多萝西可能会离开我们。

我和乔一直想去斯塔顿岛看看多萝西的小家，直到盛夏，我俩才动身。那时的曼哈顿和烤炉差不多。斯塔顿岛的海滩美得惊人，空气十分清新。我们穿着泳衣在海浪中奔跑，迎着浪花的撞击欢快尖叫。福斯特外出钓鱼去了，多萝西十二岁的弟弟约翰在家，小家伙水性极好，他时不时出现在多萝西身下，故意取笑姐姐泳技不佳。乔假装营救多萝西，拼命把她往旁边拽。“戴伊家全是游泳高手。”多萝西边说边踩着水游走了。那时，我还不知道多萝西已经怀孕了。

她身穿无袖束腰外衣和紧身泳衣，身形相当苗条。相比之下，我不仅个头矮，还膀大腰圆的。穿着如此暴露，根本就是在展示赘肉。但大家玩得实在尽兴，我很快就把身材这件事抛诸脑后了。我们坐在露台上晒衣服，顺便品尝花园里的黑莓。整栋房子都快被福斯特弄来的动物标本填满了——装鳐鱼蛋的箱子、小型动物的头骨、鸟巢、巨型海龟的龟壳——厨房桌子上堆满了多萝西为报纸撰写的连载爱情小说。幸福的蜗居生活，我当真羡慕至极。

快吃晚饭时福斯特才现身，他晒黑了，头发被海风吹得凌乱不堪，他依然那么安静，不善言谈。福斯特抓了条狗鲨，外表和普通的小鲨鱼没两样——据多萝西说，邻居们都没吃过这稀罕玩意儿，只有一家意大利人说狗鲨肉很鲜美，在他们国家相当受欢迎。所以多萝西将狗鲨肉切成块，裹着黄油炸了，再配上土豆和卷心菜沙拉一起吃。鱼肉味道很冲，但不算糟。

“哦，”福斯特说，“我忘把有毒的地方处理掉了。”我以为他在开玩笑，但事实并非如此。

“薇拉，亲爱的，用不着紧张。”乔安慰我说，我决定听他的话。福斯特知道自己在做什么，这是大伙的共识，我可能也是这样想的。福斯特和多萝西没有稳定的收入来源，但身体都棒棒的，过得比谁都幸福。

我俩一起收拾厨房时，多萝西告诉了我她怀孕的消息。“你没注意到我整个人都散发着活力吗？”她说，“已经两个月了。我每天早晨都要感谢上帝，感恩他赐予我的一切。”

数年前，多萝西小产过一次，那是段痛苦的回忆。不久，男友也离她而去。这段往事尽人皆知。事实上，她出版过一本小说，就是以这件事为蓝本写成的——《第十一个处女》，作者多萝西·戴伊——电影版权成功出售后，她购买了这栋沙滩别墅，但直到现在，也没有电影开拍的消息。多萝西是个至情至性的女子，她才不在乎什么秘密不秘密的。

“福斯特十分满意现在的生活。我能看出来。”我说。

“福斯特会理解我的，”多萝西说，“他认为这个世界糟糕透了，我们不该再带另一个人来受苦。”

“确实糟糕透顶，但他一定会很好的。”我说。

我的意思是福斯特会永远陪在她身边。多萝西貌似并不怀疑这点。毕竟，她已经二十八岁了。

“他能教小宝宝钓鱼。婴儿时就能出海捕鱼，你家孩子最厉害。”

话到嘴边，我还是咽下去了。我有些同情福斯特，他被命运击垮了，猝不及防。这是上帝的欺骗与戏耍。他什么都不想要，只求有足够的个人空间，可惜，上帝总希望给他更多东西。

两个人之间，我不也是这样吗？这就是在客厅尽头的窄小卧室里，我躺在乔身边，脑海中所想的问题。乔正在抒发自己对渔民的艳羡之情，他们不用打卡上班，怪不得福斯特喜欢出海捕鱼。但也正因为如此，范泽蒂才无法证明布伦特里发生抢劫案的那天晚上，自己在摆摊卖鱼。难道龙虾可以出庭做证，说他没开枪？鳗鱼可以为他担保，说他没犯罪？

好吧。没准儿我就是找了一个这样的丈夫，尽说些我不感兴趣的话题。“这里的夜晚好安静啊。”乔说，“不像家里，街上总是人山人海的，不是吗？”

“大多数地方都是这样。”我说。

“麻木不仁的民族。美国和印度一样糟糕，”乔说，“只是印度人口更多。”

“美国很快就能迎头赶上了。”我说，“分分钟的事儿。玛格丽特·桑格的妈妈共怀孕十八次，生了十一个孩子，你知道吗？穷人爱生多少生多少，没人在乎。”

我俩是计划生育的践行者。没有什么比购买女性卫生用品（那些用胶状物和泡沫材质做成的东西）更令人揪心的了，在药店，我只找女售货员，然后小声告诉她我需要什么。它们就摆在那里，赫然醒目，仿佛将某些私密的天然流程人工化了。这些东西根本不该成为商品，不该放在药店里出售。这是个彻彻底底的错误。

我一边想着这些与我的体液有紧密联系的资本产业，一边从手提包中拿出卫生棉，企图偷偷溜进浴室，将这管人工胶状物塞进体内。我尽可能加快速度，不让乔等太长时间，作为女性，必须端庄得体，所以我绝不会当着乔的面做这件事。

“少了化学药品，连做爱都不自由，简直可笑。”回到床上后我对乔说，“我讨厌造物主。”

“别告诉造物主你讨厌他。”乔说。

“我讨厌靠性繁衍后代。”我说，“这是谁出的馊主意？这样做有何意义？”

“没人征求我们的意见。”乔说。

“每天有无数婴儿出生。没人关心他们，也没有人为此做点什么。”

“的确如此。”他说。

“你没去过印度，”我说，“不知道那里的孩子有多惨。”

事实上，我也对他们不甚了解，这点乔明白。我只记得妈妈和孩子们（比我年龄还小）蜷缩在毛毯里，睡在狭窄的街道两旁，就像在亲戚家露营似的。父亲领着我们，从他们身边快速走过。

此时此刻，我为何要纠结这个话题？多萝西坚称自己很幸福，而我却在抱怨人口过剩。花园里种满了旱金莲和西葫芦，到处弥漫着清新的海盐味，青蛙和蟋蟀在窗外幽幽鸣叫，而我却在对造物主大发脾气。

“八月的曼哈顿和印度一样，烤得人难受。”这是我信口胡编的，我已经主动凑到乔跟前准备“开战”，所以他不用回答这个问题。

第二天，大家跟着福斯特去海滩散步。他突然发现一只马蹄蟹，长得很像插着匕首的铁头盔。“这可是活化石，三亿年前，它们就长这个样子。”福斯特说。

“我以为它死了。”多萝西的弟弟约翰用浮木戳了它一下。小家伙居然立刻“复活”，在沙滩上轻盈地奔跑起来。

“它咬人吗？”我问。

“哦，当然不会。”多萝西说。

“它的嘴长在底部的中央，”福斯特说，“除非把它捡起来，否则咬不着你。”

“它看上去不像动物，更像移动的烟灰缸。”乔说。

“福斯特说它们能活三十岁，到十一岁时才能繁衍后代。”约翰说。

“福斯特真是博学。”我说。

“我重新认识了这片海滩，真真切切，仔仔细细，”多萝西说，“都是福斯特的功劳。”

“他天生属于大海，我知道。”我说。

福斯特扭过头去。

“没错。”多萝西附和我。

“多萝西眼神好得很。”福斯特说。这是他说过的最温情的话。

“你怎么知道的？真了不起。”我说。

福斯特耸耸肩。

“他念的贝克大学。毕业证是条湿湿的鲭鱼，着实让人印象深刻。”

回纽约后，乔也时不时捡起一只螃蟹或一片水藻，模仿福斯特的腔调说：“非常非常古老的生物，它的气味比人类的历史还古老。”

整个秋天，我都在想多萝西的事。一个月又一个月，不久新生命就会到来。她坚信自己将体察到更多的真相，她的人生也更趋于完整。小家伙可以自由自在地成长，这种特权可不是所有人都能拥有的。如果按造物主的节奏按部就班，造物主会奖赏你吗？朋友圈中的理论派总喜欢指责美国政体不符合自然规律，好像只有这句话最一针见血，可以讽刺美国社会。

虽然天气越来越寒冷，但福斯特每周末必去斯塔顿岛，可谓雷打不动。贝琪说多萝西看上去很好。但据理查德报告，多萝西正在和福斯特吵架，因为她一大早就步行进城参加弥撒。虽然大多数时候，多萝西会趁福斯特不在时偷偷外出，但即便如此，他还是被她的行径吓坏了。

“她连天主教徒都不是！”贝琪说，“换作我，我也许会保守秘密，不让他知道我的小癖好。我绝对要管好自己的嘴，尤其在这个特殊时刻。她是不是没带脑子？”

“他肯定不同意。”理查德说，“那可是福斯特。多萝西明白这一点。”

多萝西身上没有传统女性的功利主义，她更像是一个预言家，毫无意义地讲述着她所看到的一切。父亲年轻时曾梦想去印度传教，因为（听妈妈说的）他总想把心里的东西传递出去。鉴于这种相似的诗意的举动，我们都认为多萝西在倒退。“她快成中世纪的人了。”诺曼说。

多萝西在宗教上的怪癖对我产生了某种滑稽的影响，将我推向了另一个极端。我越来越依赖乔，恨不得整天与他黏在一块（倘若没有这样一个丈夫，此时此刻的我将身在何方？我又该如何生活？），这意味着我要花更多时间融入他的社交圈。这帮家伙组织的集会也算颇有看点，尤其是以萨科和范泽蒂两个意大利人的移民血泪史为主题的集会，只是这二位如今尚在人世，目前被关在监狱里等待判决。

十二月时，多萝西和福斯特搬回了城里居住，一起回来的还有多萝西的妹妹德拉。我喜欢德拉，她和多萝西一样性格刚强，但德拉比姐姐更温和、更女性化。多萝西阵痛来袭时，是德拉陪她去的贝尔维尤医院。福斯特呢？他是绝不会出现在血腥扑鼻、哀号不断的产房里的，这不是他的风格。但得知宝宝出生的那一刻，据说福斯特立刻沦陷了——是个健康的女婴。有谁会不喜欢小孩子呢？

我和乔去探望多萝西时，德拉正抱着孩子在客厅走来走去。她好小啊，居然可以躺在德拉的前臂上睡觉。多萝西躺在沙发上，福斯特在门口徘徊。狭窄的房间根本容纳不了那么多人。“谁承想我居然生出那么漂亮的孩子？”多萝西说，“我还以为是个疙里疙瘩的丑小鸭呢，只有我这个亲妈才喜欢她。你们不会认为她太漂亮了吧？”

“确实超标了。”乔说，“看看喂她点什么能降低颜值。”

德拉把小家伙放进我怀里，这虽然是极大的荣幸，但事实上，我并没有那么想抱她。小家伙胖嘟嘟的，浑身透着潮湿的气息，她和我弟弟一样可爱，但我不希望她靠我太近。婴儿是如何降生的，我再清楚不过了，但我好像总是怕她会传染什么疾病似的。

“看，她多乖。”乔说。

“你好，看看我，小可爱，塔玛尔·特丽莎；你好，我胖嘟嘟的小靓女。”德拉说。

我问福斯特名字是怎么起的，他满脸惊讶地说：“这事儿多萝西负责。”

“宝宝多乖啊。”乔说。

刚夸奖完她，小家伙就乱动起来，多萝西赶紧起身把女儿抱走了。“胖乎乎的小东西，你该吃饭饭啦。”她说。

多萝西转过身背对着我们，以便给孩子哺乳。福斯特把我们带到厨房，为我们倒了一小杯白兰地。“为近在眼前的未来干杯。”乔说，大家仰头一饮而尽。

“他看上去蛮开心的嘛。”乔出门后说道。

“以他自己的方式。”我说。

“他希望多萝西开心。”

“理查德觉得福斯特被爱情愚弄了。”我说。

听说多萝西在斯塔顿岛与一位修女交上了朋友，而且让女儿在教堂接受洗礼，我们深感不安。邻居纷纷登门表示祝贺，大家共进午餐，一起吃煮龙虾配沙拉；但福斯特，这个负责抓龙虾的人，却赶在邻居们到来前离开了。

“那是多萝西的大喜日子，他没必要留下来扫兴。”贝琪说，“就算多萝西崇尚基督，难道这会妨碍到他吗？”

“是她总把宗教话题挂在嘴边上。”我说，“况且那是福斯特的孩子。”

“他离开是对的，这是原则问题。我不会怪他。”理查德说。

此时在联合广场，我和乔正与伙伴们一起，说服市民在请愿书上签字，恳请马萨诸塞州州长不要处死萨科和范泽蒂。炎炎盛夏，天空飘着雨星，我和乔轮流负责撑伞。有些人同意签字，态度十分友好。几个男孩冲我们扔泥块，我们只能拿雨伞遮挡（大家觉得很滑稽），乔却乐在其中。

我看看手里的海报，上面有萨科和范泽蒂的画像，他们铐在一起，双眸凝视前方，眼窝凹陷。众所周知，这两个男人喜欢园艺，喜欢照顾生病的小猫。据邻居透露，萨科和范泽蒂性情温和，不可能因为工资问题用枪射杀其他两名工人。这或许是真相。

我反对放弃怜悯，我认为旧式的无政府主义已经过时了。不管怎么说，萨科和范泽蒂都是暴虐政府的受害者。我浑身湿透，手里握着请愿书，心里充满恐惧和挫败感。怪不得福斯特从不参与这种事儿呢。

依我看，福斯特不妨留下来，和大家一起吃龙虾，庆祝女儿在教堂完成洗礼。融化的黄油、热腾腾的春卷、花园里新摘的酥脆的卷心菜，我觉得福斯特是打算留下来吃饭的，只是他不能这样做：他无法撒谎，即使为了爱也不行。

倘若加入教派，多萝西必须在教堂举行婚礼，沙滩别墅的同居生活就此结束。贝琪认为多萝西将自己逼到了绝境，强迫自己服从某个她并不拥有的信仰。我没有信天主教的好朋友，多萝西应该也没有。

孤身一人时，我偶尔也会祈祷，乔并不知道。没有圣像——

对着某个掌管宇宙的神祇叩头，我早受够了——我只祈求上帝的帮助与怜悯。在某个幸福时刻，我会想，感谢上帝赐给我的一切。结婚后，我与乔顺利入住酒店，看着天花板上倾斜的花环图案，我曾默默感谢过上帝。

我们本没打算结婚的，不是吗？但我们依旧选择妥协，放弃了那些自认为无关紧要的坚持。事实证明，我们就是这种人。偶尔会禁不起考验。

福斯特和多萝西依旧分分合合的，这种状态持续了数月之久。我究竟对福斯特有何种期待呢？一个女人，既要照顾刚出生不久的孩子，又要应对阴晴不定的丈夫，其内心的苦闷可想而知。我难道不希望福斯特和多萝西在一起？他无法与基督共存，这太难了。我果真盼着福斯特到我这儿来寻求安慰吗？无论如何，我都没想过离开乔。但与福斯特发生一段狂热的婚外恋的念头却总是挥之不去，两具躯体合二为一，努力探查着生命的真相，如此大胆，炫目，令人欲罢不能。但这一切要在哪里展开呢？多萝西不在时，他还和德拉同住一间公寓？又或者他俩已经分手了？福斯特会不会靠着微薄的收入一个人生活？我俩如何紧紧相拥，如何一步步躺倒在床上，从最开始的犹豫，到初见端倪，再到激情迸发，每个步骤我都能清楚地预见到。但哪种床合适呢？我最看重实用性，这个问题颇令我焦心。

迄今为止，还没有某个特定理由可以证明福斯特对我有意思。即便偶尔透露出些痕迹，我也没世故到非要追根究底不可。最根本的问题是——根本称不上问题，只是脑海中闪过的一个念头而已——欺骗乔到底意味着什么。即便他永远不会知道这件事。

我的确可能这样做。我当真做得出来。除非考验来临，否则谁知道谁会怎么样呢？妈妈总说印度之行考验了她的信仰。那个地方很热，很可怕，但人们依然信仰基督。我曾告诉乔，印度的一个麻风病人给予了我信仰。那天，我和女仆乘马车赶路，一个麻风病人拄着拐杖朝我们走来，他没了一只脚，走路一瘸一瘸的。我是从《圣经》里知道的麻风病。他把乞讨用的碗挂在脖子上，女仆命令车夫加快速度，躲开眼前的叫花子。回家后，我想让妈妈找到那位病人，然后把手头的硬币都给他。可怜的妈妈，就因为她不同意，我还大哭了一场。乔说年幼时居住在俄国的艾玛·戈尔德曼曾亲眼看到一位当地农民遭受鞭笞，从此，她变成了无政府主义者。如果内心缺乏信念，恐惧就会将你吞噬，这是我的想法。

乔喜欢城市里的图书馆，那天是周六，我俩去奥腾多佛分馆查资料，半路上碰到了福斯特。当时是十月份，他精神状态还不错——只是身材瘦削，他一向如此——“这是纽约最好的季节，不是吗？”他说。谈论天气还挺振奋人心的，我很少见到如此湛蓝的天空。

“这时的海滩一定也美极了。”乔说。

“是吧，如果我们能变回简单的自己。可惜我们不会。”福斯特说，“我每次去钓鱼，多萝西都把修女请到家里。倘若她来时我恰好在家，那女人就一溜烟跑掉。”

“她是来给多萝西传递教义的？”我说。

“哦，没错。”福斯特说，“她经常这么干。”

“孩子怎么样了？她还好吧？”乔说。

“塔玛尔很好。她喜欢对着海鸥学乌鸦叫。”福斯特说。

“也许海鸥听得懂她在说什么。”乔说。

“我打赌你也能和海鸥说话。”我对福斯特说，“你们都能。”

“谁愿意和它们说话？满腹牢骚的家伙。”乔说。

“至少它们没对着神祇或雕像叩头，口中还念念有词。”我说。

“这是什么话。”乔说。

“你觉得把他们比作海鸥是对海鸥的侮辱吗？”我说。

“哦，薇拉，别跟着起哄。”乔说。

没错，这的确不是我的风格，我等不及了，必须让福斯特知道，我是站在他这边的。福斯特也不喜欢我说话的腔调。

“鸽子更烦人，上蹿下跳的。”我说。

“她回娘家也祈祷。”乔指的是我。

“偶尔为之。”我说。福斯特肯定觉得女人都是傻瓜。

荒唐可笑，简直大出洋相。难道我每次见福斯特都要一个劲儿冒傻气？难道我是个无可救药的家伙？我讨厌急不可待，这与我的信念刚好相反。比如不被骗。就像无政府主义者抛出的惊世之问：你难道不能做得更好？

私下里，我给自己制订了一项新规。只要想到福斯特，就匀出两美分给乔，他正打算存钱买房呢。倘若再加上一条，不随便囤购丝袜，乔肯定更高兴。可惜，我罪行累累，一一对号实在扫兴之至。所以我干脆少算几次，凑齐一美元，赶在周末交给乔。“这是什么？你不必这样。”乔吃惊地说，但他还是收下了。

一九二七年八月，萨科和范泽蒂被判在电椅上执行死刑。在我们这帮人里，最受触动的是福斯特。他和多萝西待在斯塔顿岛，不吃饭也不说话，一闷好几天。福斯特把渔船泊进港口，一个人在里面坐着，周身散发着绝望的气息。有几天，他甚至睡在沙滩上。这些消息是诺曼带来的，而他也是听岛上邻居说的。据称，福斯特还会陪孩子玩。

但是，对福斯特而言，这些哪还算得上新闻：人类是什么？人类都去过哪里？

“倘若在印度长大，就没什么可让他感到惊奇的了。”我说。

“他心肠好，但意志不够坚强。”乔说。

“他没那么软弱。你为什么觉得他软弱呢？”我说。

“他本该义愤填膺的，我们都这样认为。”乔说。

“总之，别把他当软蛋。记住了。”我说。

“是吗？你用不着一句话说很多遍。”乔说。

十一月，多萝西和福斯特又大吵一架，多萝西的信仰问题究竟何去何从，他们很难达成共识，最终，福斯特再次离家出走。十一月中旬的寒冷天气，福斯特居然睡在沙滩上，简直难以置信。早晨回家时，他发现大门紧锁，自己竟被拒之门外。夫妻俩闹那么僵，真令人大跌眼镜。平常从不大喊大叫的温和之人也会因宗教争端变得尖锐刻薄。第二天，多萝西乘火车去了曼哈顿，把孩子留给妹妹照顾，然后，她赶往斯塔顿岛的教堂并接受了洗礼。所有的一切都是她自行完成的，身边只有即将成为她教母的那位修女朋友。给我透露消息的是诺曼，他的一个朋友和德拉很熟。

“希望她开心快乐。”理查德板着脸说。

“我为福斯特感到难过，他还是败给了基督。”诺曼说。

“我觉得多萝西已经有其他男人了。”理查德说。

“她怎么可能找得到比福斯特更好的男人？”我说。

“她的确找到了。”诺曼说。

“但福斯特的女儿还在她那里，太残忍了。”贝琪说。

“哦，那家伙会挺过难关的。”乔说。

不久之后，我在华盛顿广场看到了多萝西，她正推着婴儿车散步。又是一个冬天，公园里冷冷清清的，寒风料峭，当年的小婴儿已经开始蹒跚学步了，她裹着厚厚的羊毛毯，头戴编织帽，不仔细看都找不着她。粉嫩嫩的小脸，双眸紧闭，还有双下巴。“她穿得真暖和。”我说。

“所以我们才来这儿，海滩上太冷了。”多萝西说，“所有柴火都是福斯特砍的，我可搞不定这些。”

“没错。你怎么会做这些？”

“福斯特是劈柴能手。每次都准备好一周的量供我使用。”

“他一定很想你和孩子。”我说。

“你怎么知道？”多萝西说，“你和他聊过？”

“没有，理查德说的。他应该过得不错。”

“他一直都不错，身体健康。他问过我的事吗？算了，当我没说过。”

“理查德没提。福斯特把什么都埋在心里。你知道。他不善言谈。”

“他一向觉得别人话多。”

“也许真是这样。”

寒风撩起了多萝西帽子下的秀发。“我知道你爱他。”

“你说什么？没有。不是你想的那样。我没有。”

大家都看出来了吧，我想。天底下果然没那么多秘密可言。

“也许，是我不愿知道。我在强迫你撒谎。这样做没有意义。”

“你误会了，相信我。”

“撒谎会伤害我们之间的友谊，是我把事情搞得一团糟。抱歉。”她说。

“不，不是这样的。”我说。

“不用放在心上，没关系。”多萝西说。

我俩相对而立，气氛异常尴尬。她一定希望基督可以引领福斯特走上宗教之路吧。我们的福斯特。为了宗教事业，多萝西又编制出多少谎言，没人说得清。

幼儿车里，塔玛尔闹上了小脾气——她生气地发现自己居然睡醒了。“你想哭是吗？”多萝西边说边弯下腰，“再忍忍，宝贝。”

“她长那么大了。真漂亮。”我说。

“一天比一天大。我赶不上她的节奏了。”多萝西说。

那年冬天，无论刮风下雨，所有遛狗的活儿都是我完成的，理查德很是感动。无论路过银杏树下的长凳多少次，巴枯宁都兴奋得很。狗狗喜欢故地重游，它们不觉得无聊。

整个圣诞假期，只要和乔去参加派对，我就会寻找福斯特的身影，可惜，整个冬天，我只见过他一次。那是圣诞夜，贝琪的一个朋友在公寓里举办假面舞会。我和乔分别化装成小猫小狗，耳朵上套着袜子。一进门，我就看到福斯特在角落里靠墙站着，当我想走过去和他说话时，那家伙已经离开了。他参加过派对吗？之前都是因为多萝西，他才会勉强出席。

第二天，当其他人还在睡梦中，我已经和乔坐在宽敞的厨房里，想借咖啡缓解一下宿醉。

“大家都很享受派对，除了福斯特以外。”乔说，“谁会穿便装参加化装派对？”

“好吧，他就那样。”

“你认为他穿那件老夹克很有派头。破烂玩意儿。”乔说。

没错。我就是那么想的。

“福斯特的问题在于，他自我感觉太良好了。”乔在听吗？“他必须克服这点。”

“你这样认为？”

“他就是自大狂，万事以自己为中心。”我说，“你明白我的意思。那家伙见谁鄙视谁。”

乔点点头。我的心好痛。

“但大家喜欢看他做出改变。他终将变得更好。”我说。居高临下的口吻更有说服力。

“你真这么认为？”

“当然。”

“好的。”乔说。他貌似相信我的话，心里不再打鼓了，但这可能持续不了多久。很显然，乔希望我这样说——否则，何必追问个没完？他抿了口冷却下来的咖啡。

我究竟是谁？还有什么是我不能说的？没人拿刀顶着我，命令我背叛福斯特，但我就是要迫不及待地抨击他，无论我多么钟情于这个男子。只有恶言恶语才能安抚我那受人尊敬的丈夫。我环顾四周，脑子里全是我和福斯特在一起的画面。橱柜半开着，里面放着一罐 Swee-Touch-Nee 的茶叶，熏成油黑色的煤气炉，有着红白两色外包装的钻石牌火柴。我开始憎恨眼前的一切，它会永远萦绕在我的脑海中，明天、后天……即将来临的每一天。

“去外面散散步，我们需要散步。”乔说。我刚起身，他就把我搂进怀里。我俩长久地依偎着，谁都没说话，就像普通夫妻那样，别人一定以为我们非常了解对方。我不喜欢这样，一点都不喜欢。

我满脑子都是福斯特，一身破旧的灰夹克，背靠墙站立，帅气地眯着眼。好吧，都过去了。我又想起了多萝西，她步行穿过公园，羊毛围巾在风中飘动着，对于眼前的一切，她可以应付自如，即刻抽身。我也选择了抽身，如果有人这样认为的话，但那是我的私事，永远无须他人干涉。

后来，当我有了孩子，我经常和她们说：你已经努力做到最好了，那才是关键所在。崇尚公平正义之人必得自我约束。对此，我坚信不疑。我和乔始终不离不弃，这没什么骄傲的，但我们身边的确有许多年轻夫妻已经劳燕分飞。我们敢想敢干，一旦决定就奋不顾身。贝琪和诺曼吵翻了天，最终，她和一家地下酒吧的老板私奔了，那曾是我们最喜欢去的地方。男人的岁数比诺曼还大，而且貌不惊人，不知贝琪怎么会犯傻看中他。再婚后的贝琪依然出没于附近一带，她称诺曼是“人堆儿里的小才子”，好像揶揄对方就能为自己的行为辩解似的。虽然在我眼中，贝琪是目光短浅之人，但令人惊讶的是，她和新丈夫感情很好，生活也安定下来了。不久，他们在棕榈滩开了家旅馆，据说蜚声海外。

我和乔还是坚定的无政府主义者，近几年，同道中人越来越少，大部分人开始信仰共产主义。我们尽全力维护着和大家的友谊，怎料世事如此艰难，在莫斯科审判中，我们勇敢发声，坚决反对斯大林；二战期间，我们奋斗在反战前线。出身犹太家庭的理查德好多年不和我们说话。在战争年代，两个女儿放学后还要忍受别人的讥笑与欺侮，更有甚者竟会朝她们扔狗屎，我简直难过得要死，但在信仰面前，即使孤掌难鸣，我们也绝不退却。

诺曼写了本书，追忆我们村中的青春岁月，那是他人生中最美好的几年。《村中的日日夜夜》——这是他拟定的书名，貌似不怎么合适。在书中，他管我叫“一位在男人们的关注下，默默绽放着的害羞的年轻女孩”，这不算什么，我还有更糟糕的外号呢。诺曼用大篇幅追述了多萝西的事迹，虽然我不记得他俩有什么交情。一旦结识了某位名人，关于他们的记忆也会变得详细起来。

出乎大家意料的是，这位名人竟然是多萝西。早些时候，她低调到默默无闻——不参加纠察队，不跟我们外出喝酒，和她一块玩也不像之前那样有趣了。然而，在经济最萧条的时期，当纽约的某些街道和印度越来越相像，多萝西开始与朋友合办报纸《天主教工作者》，意在宣扬教会的新理论：在扶贫问题上，教会将大有作为。报纸一美分一份，上面都是多萝西的反思以及用自由体写成的、关于耶稣教义的小文章，作者是她那位古怪的、笃信宗教的朋友（他俩并非恋人）。报纸相当畅销，短短几年，他们就启动了第二个项目，好客屋计划：穷人可以免费喝到居家口味的汤，无家可归的流浪汉可以在此过夜，所有客人都被当成上帝一样对待。志愿者踊跃加入，追随者积极响应，好客屋顿时遍及全美。多萝西·戴伊摇身一变，成了极负盛名的慈善代言人，她到处演讲，为慈善事业做宣传。

我向来对慈善不感兴趣，拿着原本就该属于民众的东西邀功买好，真搞不懂这样做有何意义。施粥算不上善举，一帮鼠目寸光、误导民众的家伙，他们根本不明白什么才是真正意义上的帮助民众。

我知道，甚至乔也说过，这个世界上还有比白吃几顿饭——或者免费借宿，避免在公园长凳上冻死——更糟糕的事，比如期待革命来临。漫长的等待，漫长到无法再漫长。伟大的时代终将来临，我们要像等待弥赛亚降临那样耐心守候，在这点上，我们倒和多萝西很相像。我依然嫉妒她，但同时，我也敬佩（多么正式的词汇）她敢于追求内心的理想。为宣传和发展宗教慈善业，多萝西可谓肝脑涂地，鞠躬尽瘁，她的奉献精神是如此熠熠生辉。民众将她奉作圣人，但这个称呼让她说起话来更为口无遮拦。

和福斯特离婚后，多萝西没找其他男人。也许，她还期待着另一段婚姻——她并非同性恋——但她越活越像个修女了。我们曾在街上看到过福斯特，他正领着漂亮的十一岁（大概吧）女孩逛集市，我立刻认出了她，是小塔玛尔。听说，福斯特还带她去远足。她发质又好又软，光光的额头，头发用发卡别至脑后。塔玛尔身材瘦削，性格安静。我也领着两个女儿，她们年龄还小，都穿着漂亮的连裤衫。“薇拉！你在这儿啊。”福斯特和我们打招呼。他还是老样子——身材消瘦，邋里邋遢，高高的脑门，眯缝的双眼。“好久不见。”我说。大人们寒暄个没完——你也好，我也好——三个小女孩只有干瞪眼的份儿。

“今天好热啊。”福斯特和小丫头们说，“你们仨不喜欢吃冰激凌，对吧？估计不喜欢。”

孩子们大闹着抗议，福斯特给我们一人买了一份水果冰激凌，浅色的柠檬外加深红的樱桃，可惜我的小女儿芭芭拉把整个纸杯都扣身上了。马上满七岁的露易丝向芭芭拉发出挑衅，问她敢不敢把门牙放在冰激凌里，不数到一百不能拔出来。“别这么干，少惹麻烦。”我说。

“你干过吗？”露易丝问我。

我们那个年代没冰激凌，但我承认，自己曾受隔壁玛丽·伊丽莎白的挑唆，用舌头舔过结冰的铁栏杆。我不知道自己为何会告诉她们这些，当然，其中一个原因是我不喜欢撒谎。我们曾把两个女儿送到无政府主义者开设的幼儿园，在那里，老师天天告诫她们做人要真诚。

芭芭拉将樱桃弄得满脸都是，福斯特拿出纸巾，给小家伙擦脸，可惜收效甚微。这幅画面太过甜蜜，搞得我惊慌失措，趁自己还没当众出丑，我必须尽快把女儿领走。

后来，女儿们完全忘记了福斯特的存在，虽然他很招人喜欢，但我受邻居蛊惑舔栏杆的事她俩肯定会记一辈子。原来妈妈也有调皮的一面！就为这件事，她俩笑了我好几年。连乔也算在内。无论做什么，即便恶作剧也需要勇气，勇者是受人崇拜的，我喜欢这种感觉，我知道，所有人都喜欢。

唇边的诱惑

如今，世界正在走向破碎，或者已经消失不见。二十一世纪，所有收益都是精确计算的。我在杂志上看到几幅描写金融危机的漫画，其中一幅是这样的：一位流浪汉站在人行道上——这家伙总出现在漫画里，之前那个也是他，手里拿着包，里面放个瓶子——旁边立块牌子，上面写着“哈哈哈”。我把漫画撕下来，贴在公寓大门上。邻居们纷纷表示赞扬，看到我就夸：“安东尼，那幅画真棒，我喜欢。”可很少有人知道，我年轻时也做过沿街乞讨的流浪汉。那时，我在巴黎，我觉得在那儿当乞丐貌似还体面些。但法国人可够小气的，而且法国警察和美国警察没两样，都那么卑鄙，所以说巴黎也有糟糕的一面。

我出生在棕榈滩，这简直是讽刺。父母经营一家旅馆，生意开始于大萧条末期，当时的我还是小婴儿。二十世纪四五十年代，也就是我的青少年时期，旅馆生意达到了顶峰。旅馆的整栋建筑是由灰泥建成的巨大船体，颇具新古典主义气息——像被棕榈树围绕的白宫——这里最有名的是无敌海景和内斯尔罗德馅饼。建有柱廊的大厅里坐满了皮肤晒得棕黑、穿着相当考究的游客，他们都是妈妈贝琪的粉丝，一见到她就立刻跑过去，或趁她招呼客人时故意逗她高兴。当然，妈妈并不经常抛头露面。她可是女当家人。

我有两个姐姐，琪琪和艾伦，她们喜欢在前台工作，向游客展露笑容（有时，她们还能认出某位女演员），可惜这俩家伙太一板一眼，而且头脑愚钝，和妈妈比差远了。我是家里唯一的男孩，天性懒惰，忧郁多思，不善运动。我讨厌抛头露面，也讨厌穿西服。我和妈妈一起外出时，她总要先和住客搭讪一通，然后再跟我抱怨。（“那是新潮发型吗？怎么看怎么像脑袋上顶着只松鼠。”）她喜欢住客的钱，喜欢住客在电话里自报家门，更喜欢那些成堆成排的手提箱。她嘴里说的都是我听了上百遍的陈年旧事和物价如何小幅上涨的事。她曾是左翼分子，如今遗风尚存——劳动节让员工放假一天，允许犹太人入住酒店，禁止我们购买口香糖这种毫无意义的商业产品。但爸爸偷偷给我们买过黄箭。

除了旅馆，爸爸还经营酒吧。他白天黑夜不着家，经常在外闲逛，他还想让我接管旅馆生意。有一次，他最喜欢的明星丽塔·海华丝光临旅馆，爸爸让我为她演奏单簧管。我水平还不赖。生日快乐，亲爱的丽塔。有时，我和爸爸坐在露台上，他一边吸哈瓦那雪茄，一边赞颂月亮。我喜欢月亮，但对旅馆没啥兴趣。很小的时候我就知道，我们是富人的奴仆。

我在迈阿密上大学，离家不算太远，但也绝不算近。我住宿舍，室友是一群爱打闹的小伙子（我会喝酒，但我始终三缄其口）。我喜欢迈阿密，那是真正的城市，每个社区都各具特色。我是学商务管理的，但我经常翘课去街上闲逛，吃古巴汉堡、炸海螺丸子和五香烟熏牛肉（我始终把它当笑话，不认为它是真正的食物）。五彩斑斓的花花世界才是我的心头所爱，与之相比，学校真是无聊透顶，但也并非一点乐事都没有。比如，我约会的第一个女孩逢人就说我和内政部部长的儿子一起参加过派对。我知道许多关于加里·格兰特的丑闻。这都是她的夸张之词，但女孩们永远不嫌八卦多。我越是说："别提那些愚蠢的玩意儿。"她们就越兴致盎然。我还向几个非常漂亮的金发女孩透露过丽塔·海华丝嗜酒成性以及她女儿的长相。

大家都说，只有先和安东尼（我）混熟了，他才愿意"敞开心扉"。渐渐地，我开始觉得自己高人一等。即便感恩节回家，我也没怎么闹情绪。当时，我正和三个女孩约会！大二那年，我深深迷上了梅兰妮，她是个热情四射的女孩，而且擅长接吻，无数次上床后，我们订了婚。

这并非我做过的最坏的决定。那段时光真是快活似神仙——我们享受着性爱，也享受着作为天之骄子的幸运：一切都是我们应得的。我们有点同情其他孩子，他们还没找到自己想要的，甚至根本不知道自己想要什么，而我们已经找到了前进方向和真正的人生目标。我的梅兰妮可不是胸大无脑的家伙。

她热爱音乐，懂得的比我多——是她让我认识了迈尔斯·戴维斯、艾哈迈德·贾马尔和“胖子”乔·特纳。和无数同龄人一样，我们伴着音乐做爱。上社会学课时，她坐在我旁边，对着我的耳朵轻声哼着小曲，那是我俩的悄悄话。梅兰妮唱歌从不跑调，擅长模仿各种声音。

我仍然把老师当傻瓜看，要不是梅兰妮，我才不去上课呢。“忍忍就能克服了。”她经常劝我。

“他们在浪费我的宝贵时间。”我说。

“就权当存钱吧，日后终有回报。”她说。二十世纪五十年代末，年轻人能做的只有等待。

妈妈喜欢梅兰妮的性格——直率且理智——但同时她也告诫我，这个女孩很可能在傍大款。“你想太多了。”我说。妈妈的确想多了。梅兰妮并非贪婪之人，她对我家的旅馆不感兴趣，虽然父母把它经营得有声有色，但毕竟是夫妻店，离行业巨头还差得很远。

“梅兰妮做得更出色，只要她想。”我说。

她不可能做得比我好，这是当然的。是谁让她在床上风流快活？是谁逗她开心，看见什么都哈哈大笑？又是谁给她买死贵死贵的高保真音响作为生日礼物？等我毕业（好吧，我还差几学分，没参加毕业典礼），我俩立刻结婚，我有工作，也有住的地方。那是个阳光充足、墙壁被漆成桃红色的套间，位于旅馆二楼，位置比较靠后。结合课堂所学，我决定更新酒店收银系统——刚开始，妈妈很反对，但最终还是妥协了——那段日子，我真是扬扬自得。所有客人，包括那些老古板，都开始自我吹嘘，说是从小看着我长大的。如今再瞧瞧，我已经是个成熟冷静、顶天立地的已婚男人了。

梅兰妮不用操持家务，也不用做饭，因为我们住在旅馆里，她会成为爸爸的好助手，帮他管理旅馆和酒吧。他们可以经常开会讨论是否要更换室内乐队，还有广场上观众的喜好。梅兰妮是热心肠，她希望发挥点作用，为什么不呢？爸爸喜欢这样。

直到第二年春天，我们才去度蜜月，梅兰妮想去巴黎玩两周。“你认为我是钱堆出来的？”我说。梅兰妮开始撒娇（这不是她的风格），仿佛把我当成了她爸爸：“哦，拜托，拜托嘛，我想在蛋糕顶端加颗樱桃。”一段长到不能再长的飞行后，我们踏上了法国的土地，眼前的景象简直让人眼花缭乱，巴黎真漂亮啊，古老且宏伟，每粒尘埃中都写满了历史，神情冷淡的陌生人接连不断地朝我们涌来。我们先是在旅馆里小睡一会儿，接着去阳台观赏巴黎夜色中的万家灯火。“亲爱的，我们来巴黎了。”梅兰妮说。

世上没有尽善尽美的地方，不是吗？第二天，巴黎大雨倾盆，那个下午可谓备受打击，我们这才意识到，自己根本不了解法国人。雨一天接一天地下。法国物价虽低，但我们经常受骗，这尤其令我恼火。我经常盘算自己到底花了多少冤枉钱，大脑根本停不下来。梅兰妮试戴手套时，那位女售货员好像在辱骂她。受挫，受挫，不停地受挫，我们越来越迷惑，越来越不自信。最终，我俩在卢浮宫外走丢了。“我一直在等你——就不能记着点路吗？”梅兰妮说。走到旅馆后侧时，我们才找到对方。按说这算不了什么，但我俩向来以胜利者、聪明者自居，过惯了众星捧月的日子，从没经受过这种打击，甚至离开法国时，我俩还有种淡淡的羞耻感。

然而一到家，我立刻变得生龙活虎，这感觉真好。和餐馆员工们说风凉话，和喜欢哧哧窃笑的有钱遗孀们打打闹闹，她们可喜欢我了。天天喝酒喝到半夜，硬拉梅兰妮起床看月亮。“还有比这更美的地方吗？”我说，“你举个例子。”我经常带梅兰妮去其他酒店喝酒，我期待自己被认出来，期待管理人员亲自欢迎我登门。倘若梅兰妮没来，女人们便纷纷向我献殷勤：她们故意走到我的桌边，问我酒店何时能建个稍大一点的游泳池，或者问我是否喜欢这里的威士忌。

我和黛比就是这样认识的。她只有十九岁，第一次见面时，她和她母亲坐在我对面，老太太想给丈夫买顶巴拿马帽，问我去哪里买最合适。黛比是个性格活泼的金发小美女，胸部相当丰满，我不知道她怎么会看中我。总之一小时后，她在停车场找到我，开始和我搭讪。我虽然没少喝酒，但脑子并不糊涂，随随便便调情是有风险的，绝不能轻易上钩。她缠了我好一会儿才离开。当然，这段艳遇令我难以忘怀。第二天，她又来酒店找我，我挑了间空房，好好“招待”了她一番。我到底在做什么？吃着碗里的，惦记着锅里的，名副其实的脚踏两条船。人就是这么贪得无厌。黛比不如梅兰妮漂亮，脑子更不如她聪明。那时的我不缺乏追求者，女人都爱主动送上门来。

黛比喜欢躺在我的胸口，然后给我起好多昵称。比如“宝贝男孩”“我的亲亲”或“小心肝”。她只上过一年大专，但已经足够了。她对语言很感兴趣。因为她要住到冬天结束，所以我们的恋情可以细水长流。黛比自认为会伤了我的心。“别那么悲伤。”她说，“我是认真的。笑一个给我看看。”

我仍然爱我的妻子。我不可能不爱梅兰妮。尤其是她脱鞋后赤脚走向我的那个瞬间，简直令人心潮澎湃。我欲火中烧，当真欲罢不能。“狂野的家伙。”梅兰妮说。

我有过罪恶感吗？不，我反而为自己的所作所为感到兴奋。我是英雄，可以同时应付两个女人，做别人无法做到的事。前方还有回头路吗？我不确定。我和黛比有自己的专属客房，我让女仆在房间里摆放各种花，亮粉色的唐菖蒲、带有赤红色弯曲花心的火鹤花、萼片舒张的兰花和画着斑点的唇瓣。多么性感的植物，一种抽象的性感。正如我们的不伦恋，既炽烈又单纯。我们无须知道太多。

我告诉前台不要将那个房间租出去，因为水管时不时会漏水（黛比知道后咯咯笑个不停）。“等我离开后，七一六房间会让你觉得孤独吧。”她说。黛比要回威明顿了，那是她居住的地方。

“我们可以在你家乡见面。”我说，“我会去的。”

“别跟我发誓。”她说。

所有员工都知道我和黛比搞到了一起，但没人传闲话。黛比离开前的那天晚饭后，我回房间看望梅兰妮，她正和衣躺在床上。“我的脸是不是很苍白？我觉得是。”她说。

“你吃什么了？”

“和吃什么没关系。”梅兰妮边说边转过头去。

一个颇令我困扰的念头突然出现在脑海中，她是不是怀孕了？“快休息吧，亲爱的。”我简单安慰了一句，便退到屋外去找黛比。她马上就走了，多陪她一晚有什么关系？照顾梅兰妮有的是机会。

得知自己在最后一晚战胜了梅兰妮，黛比简直激动得发狂。“我要让你记住我！”她说。黛比特意在前戏中加了很多花样，我自然欢喜得不行。狂野，激情，兴奋的呻吟与怪叫，这丫头的花招真是层出不穷 。

云雨过后，黛比躺在我肩膀上轻声说：“没有我，你要怎么办呢？”

“肯定伤心死了呗。”我说。我突然意识到自己家有娇妻，而黛比却一无所有。

“结婚那么早真是太不明智了。”她说，“简直蠢到家了。”

“安静会儿，行吗？”我说。

“你为何那么愚蠢？”

“黛比，现在你该把嘴闭上。”我说。

“你才该闭嘴呢。”她说。

“没问题，如果你希望我这样做。”我说。

我转过身去不理她，但没能坚持多久。黛比那晒成小麦色的脸蛋泛着亮亮的红晕，汗水蒸腾成雾气，笼罩着她的面颊。

“你看上去好伤感啊。”她说，“我讨厌看你这副样子。”

我做出呆笨的表情，好像悲戚的小丑。说实话，我有点被自己的所作所为吓到了。

“可怜的宝贝。”黛比说。

我皱紧眉头，顺带着噘噘嘴。我到底有多么贪婪。

“快鼓励鼓励我。”我说。

直到天亮前，我才回到梅兰妮的房间，她呼吸平稳，睡得很熟，看样子没什么大碍。几小时后，我迷迷糊糊醒来，发现她在浴室呕吐。“亲爱的，你没事吧？”我说。

“瞧瞧你的后背。快点。”梅兰妮大喊道。

刚开始，我以为她在开玩笑，我还告诉她我后背没长眼睛。突然，那一道道血淋淋的抓痕猛地跃入眼帘。鲜红鲜红的，显然是“新伤”。只有撒谎才能解除危机，我明白，然而事到临头，我却什么都编不出来。

“你才是我的最爱。”我说。

这套说辞只能让梅兰妮更加气急败坏——梅兰妮平时可是最理智的。

她还在大喊大叫，声音越发凄厉，尖锐。“我怎么会和你在一起？我怎么瞎了眼挑你做丈夫？”她冲出浴室，难掩心中的怒火，双眸里尽是泪水。

“什么都没有。真的，我什么都没干。”

“真会安慰人。无缘无故背叛我。”

梅兰妮身穿小碎花棉质睡裙，露出纤细的双腿，看到她这副样子，我更加确信她怀孕了。梅兰妮继续发泄怒火，她的脸扭曲着，一副恶心作呕的表情。我时不时争辩几句，大部分时间都在示弱。如果她怀了我的孩子，就绝不会离开我。梅兰妮个性强硬，绝不会被感情所牵绊。只要能挽回她，我愿意做任何事。这块骨头很难啃，但我有信心把她留在身边。

“别担心。告诉我你想让我做什么。我都听你的。”

“把钱给我。从今以后，你的工资上交。”

“你开玩笑吧。还是待会儿再谈吧。”

“语言是廉价的。”她说。

接下来的一周，梅兰妮的肠胃感染并没好转。她低烧，每天吐很多次，我尽可能在房间里照顾她，送几杯茶、端几盘干吐司或几碗清汤。要不要喝点姜汁汽水呢？或冷敷降降体温？她没说自己是否怀孕，只是一个劲儿抱怨：“酒店虚伪，你虚伪，你们一家都虚伪，我一天也不想待下去了。”

梅兰妮逼问出了黛比的名字，但她不知道黛比是谁。这点最令她气愤。和我说话时，梅兰妮总摆出一副恨恨的样子，嘴唇用力地撇着。我始终坚信，早晚有一天，她会恢复到正常状态。爸爸特地来探病，还买了几张她最喜欢的唱盘（汤米·多尔西、米瑞安·马卡贝）作为礼物。梅兰妮当着我爸的面狠狠数落我一顿，我爸又把这件事告诉了我妈。

“哦，安东尼，你小时候可不这样。”妈妈说。从此，我开始尽可能在房间里吃饭。为了让梅兰妮不再恨我，我真是绞尽脑汁，什么好听说什么。但她总是无精打采地瘫在枕头上，脸色苍白，眼睛凝视着远方。我告诉她她有多漂亮，和她一起回忆大学时的美妙时光，还从旅馆自营的礼品店和珠宝店里给她买了一条柔软的、毛茸茸的睡袍和一对美丽的珍珠耳坠。即便我是少东家，再加上商品打折，我也只能分期付款，但这对耳坠质地纯白，简直完美，和梅兰妮十分相配。

谁知，我却大错特错了。“哦，不。”梅兰妮看见盒子后说道。等她打开盒子，情绪就彻底失控了：“你认为我会开心吗？你希望我像妓女一样高兴得手舞足蹈？”

“你喜欢什么，我可以去换。”我说。

“我不是妓女。你什么都不懂，什么都不明白。”

也许，她说得很对，我只会雪上加霜，把事情越弄越糟。火速勾引其他女人上床——我们结婚还不到一年——这简直是对梅兰妮的羞辱，是她无论如何都解不开的心结。事实上，我们真的太年轻了，还有很多东西要学习，领悟。我竟是个冷酷无情、坏到无法形容的家伙，把甜美可人的妻子伤得体无完肤。哦，看在上帝的分上，可怜的梅兰妮，早知她会发现……（这种假设毫无意义。）在此之前，我从未扮演过坏人的角色，我仿佛觉得自己遭受了命运的虐待。我挣扎，百口莫辩，当语言已经不再起作用，我就只有悲叹哀号的份儿了。

我做了最大努力，只求梅兰妮不要离开，但我知道，梅兰妮已经打定主意，要用贬损、鄙视我的方式来挽回她失去的自尊。夜晚，我在沙发上留宿，脑海中盘旋的都是校园中的热恋场景：看到我朝她走过去，梅兰妮别提多高兴了；她突然喜笑颜开，连牙齿都露出来了。如今，这些回忆只能绞痛我的心。我对她的爱依然强烈，世人可见，而她却好像电影明星似的，根本不知道有我这个粉丝的存在。最终，梅兰妮还是带着自己的衣服、书和唱盘搬回娘家了。临走前，她对我说："现在，我并不为你感到遗憾。但我日后一定会的。"梅兰妮没拿走戒指，还留下一件带狐狸毛领的兔毛衫以及高保真音箱。这都是我送给她的礼物。高保真音箱还是我上大学时买的，梅兰妮说这玩意儿就没好用过。

现在，我对什么音乐都无法忍受。即便放下唱针，也坚持不了几秒。每个音符，曲调都是空洞、毫无意义的。等下午大部分客人走后，我会回到房间，用毛巾堵住门缝，不让声音飘出去，然后吹单簧管。我已经几年没吹了，简直不成调，像病恹恹的绵羊在掴气。我一直吹些简单的曲子（《我唯一的宝贝》《秋天的叶子》），直到心情好转为止。那段日子我什么都不想干，单簧管就是我的慰藉。

在赡养费问题上，我表现得很大度，梅兰妮要多少我给多少，尽管这段婚姻相当短暂，而且离婚前我们已经分居单过了。都是寂寞惹的祸，所以我才甘愿一掷千金。律师对我相当不满，甚至连一向喜欢梅兰妮的老爸都觉得我是个懦夫。也许，所有人都这样认为吧。我的事在小镇上传开了。为避免酒后失德，招惹到其他客人，我只好在自家旅馆的酒吧里自斟自酌，喝施格兰解闷。但即便这样，仍然有住客安慰我（“我为你的事感到难过”），替我的钱打抱不平。男人们会说：“她们和你死缠烂打，对吧？”“自由是要付出代价的，知道吗，小男生。”女人们则说：“你还年轻。沉淀沉淀，有机会重新开始。”

有免费酒喝真是幸运，我的经济实力毕竟大不如前，必须节衣缩食。平日酒吧里那些年岁较大、做事认真的老员工都成了我的熟人，我闭着眼都能认出他们。主动来搭讪的女人仍旧很多——她们好奇心强，喜欢问这问那，要不就安慰我一通，甚至别有所求。我顿时觉得自己很高贵，拒绝享乐的男人怎会不高贵呢？

少喝酒才行。我会变得极度自信，滔滔不绝地讲述丽塔·海华丝如何对我青睐有加，律师们如何将离婚案作为自己敛财的手段。我还告诉每一个在酒吧里碰到的女人，她们是我见过的最聪明睿智的女性，和她们相比，男人简直是蠢货。一位女士告诉我她们如何给狗狗测智商（人和狗一样聪明吗？），内容越听越滑稽，搞得我大笑不止，最终，我进了这位女士的房间，和她风流快活了一夜。几天后，她离开酒店，回到丈夫身边，但她的一位朋友认识我，总喜欢跟我开玩笑，好像我俩有什么见不得人的秘密。很快（没有复杂的过程），我又和那位女士的朋友搞到了一起。她也是已婚者——名叫基蒂，性情开朗，但总一副无精打采的模样——我们必须小心谨慎，因为她丈夫有时会出现。她不怕他，但我怕。“那家伙只会虚张声势，银行家都这副德行。”我真是被宠坏了，竟会让她把手伸到衣服里胳肢我。所谓奇妙二字，大抵就是如此吧——一边为梅兰妮心痛，一边鬼使神差地享受纵欲带来的真切快感。

不与客人乱搞男女关系是酒店从业者的基本准则。稍微有点常识的人都知道，这么做不靠谱。你可能会吃官司，更会背上道德的负累。我必须小心行事，但灾祸还是发生了。某天晚上，我一觉醒来，居然发现基蒂的床铺着火了——而我，就睡在火苗旁边！火源是我扔掉的一根香烟。我边用毛毯扑火，边克制自己不叫出声来。基蒂还算聪明，知道用湿毛巾救火，这玩意儿果然比毛毯管用。屋里的烟太浓了，我们只能跑到大厅避难。我刚穿好裤子，其他客人就撤离完毕了，他们穿着条纹睡衣，眼巴巴地瞧着我的狼狈相。消防员奔上楼梯，责备我不该到处乱跑，妨碍他们救火。

一通折腾后，我终于能回自己房间安心睡觉了。哪知一大早，父母又来兴师问罪。“不能再这样下去了。”妈妈说，“你不能住酒店，整天荒唐度日。”

“他有自知之明。”爸爸说。这对夫妇不请自来，刚站到床边就开始训话。

“我们这样奋斗是为了什么？开旅店又有何意义？”妈妈说。

“你是个聪明孩子，安东尼。”爸爸说。

“在法国，和客人乱来也许没什么，在美国不成。”妈妈说。

“你应该离开一段时间。去坦帕找你姐姐琪琪。她愿意和你同住。把酒戒了。听见了吗？”

爸爸曾是地下酒吧的老板，妈妈是村里闻名遐迩的美女，政治观点相当激进。据妈妈说，她抛弃了前任丈夫，独自离家出走，然后才和我爸走到一起。我不止一次想过，他们要如何把过去的自己隐藏起来。我渴得嗓子冒烟，脑袋仿佛有四百磅重。“基蒂还好吧？”我关切地问。手掌的皮肤正在往外渗血，很明显是烧伤所致。妈妈给我倒了杯水喝。“行，行，我走就是。”

我突然对自家旅馆有种隐隐的愤怒，就是它把我毁了，这个宁静的、大如宫殿的藏污纳垢之地。把责任全赖在旅馆头上的确够愚蠢，但只要看见绣着酒店标牌首字母的毛巾和带有金属雕刻的黄铜水龙头，听见大厅中传来的咿咿呀呀的风琴声，我就焦虑不安。自打出生以来，我所经历的一切都透着堕落与沉沦。爸妈是对的：我必须离开。

我不能去坦帕找琪琪，那座城市和我不搭界。还是巴黎好，真正的自由之城，梦想之地，妈妈和作家亨利·米勒最爱的地方。我也是受他们影响。我确信，身边少了梅兰妮，我的巴黎之行会更精彩。

我没钱买机票，当然，除非这个月拒付赡养费。男人做出这种事，离境算不算违法？还是不让别人知道为妙。我必须赶快离开，尽可能留在巴黎，所以钱的问题最关键。我在酒店负责收银，记账，妥善保管所有现金。偷拿点藏起来，只要不记账，绝对发现不了。偷挪公款，心里难免有罪恶感，每次提着藏有一摞钞票的箱子走过大厅，我都紧张兮兮的。我一共拿了五回钱，当扒手还有点兴奋呢。

我把单簧管和足够的簧片塞进黑皮箱，除此之外，又带了两个小旅行包。我告诉家人自己去找琪琪，然后开车到机场，登上了飞往巴黎的航班。事情就这么简单。飞机于日落时分起飞，天空一片橘黄，火热火热的，样子相当怪异。这到底是个什么梦？要不是我饮酒无度，我就可以对父母好些，但酒精的世界并非一片荒诞。我有能力把事情搞砸，这种能力也许很冷酷，很残暴，还能赐予我一个个激情四射的夜晚。

去法国很简单，问题是住哪里。刚到机场我就迷了路，只能用我高中时学的法文努力拼读指示牌。穷途末路之际，我想到的解决办法是打出租车到我和梅兰妮曾经住过的酒店，那个位于福煦大道附近的高雅的船型建筑。当我再次走入熟悉的、镶有雕花图案的金色大厅时，我已经快累趴下了。酒店没有多余房间，工作人员把我安排到一家坐落于街角、条件更恶劣的旅馆，整栋建筑活像拉着窗帘的堡垒，连阳台都是铁做的。我虽然累得要命，但仍然用枕头抵住房间大门，拿出单簧管，极其缓慢地吹奏《在月光下》。手掌的皮肤依然发僵，烧伤还没完全康复，它被舒缓的曲调轻柔地拉扯着，给人以惬意的感觉。我等着有人敲门，警告我小点声（我害怕看法国人发飙），可一直没人来。最后，我穿着衣服睡着了。

第二天一早，我昏头昏脑地醒来，发现自己竟没去坦帕找琪琪。我必须去趟美国运通给父母发电报，让他们知道我还活着。“中途取道巴黎。”我在电报里写道。知道我满世界游玩，他们也许很羡慕。

我凭直觉在巴黎到处闲逛，累了就喝咖啡，心情几乎能用兴奋来形容。这里物价太便宜了。我买了好多张吉坦尼斯的唱盘，价格低到和白送差不多；吃午餐时，我还用剩下的零钱买了一大罐红酒。我坐在公园长凳上，看一对母女喂鸽子。我长了张典型的美国脸（一九六二年的欧洲人不会留那么短的头发），但根本没人注意到我。

十月的法国已颇为寒冷。晚上，我坐在一家漂亮的餐馆里吃饭，餐桌摆在临街的人行道上。我正在品尝牛排和产自波美侯的红酒，几位非常漂亮的女士恰好从我身边走过。其中一个穿着淡黄绿色的外套。“颜色真好看。”我用英语赞叹道，她问我是否认识她在纽约的朋友芭芭拉（她几乎是一个音节，一个音节拼出来的）。

“哦，认识。”我说，“我们很熟。一个可爱的女生。”

“她也许也觉得你很可爱呢。”女人说。

姑娘年纪和我差不多。她面色苍白，双颊泛着点粉红，乌黑的头发梳得整整齐齐。她的妆容很精致，现在，她正在和一个陌生人调情。

“我正在大学念书，你也是学生？”她问。

这不是学生食堂，我确定。如果她希望我是学生，我倒可以说自己在学校念书。“我经营着几家旅馆。你学什么专业？”

她说自己学美国文学，喜欢读海明威和福克纳（她说成了佛克那）。“你知道密西西比州在哪儿吗？”她问。

我说我来自佛罗里达州，位于美国最南端，比密西西比州暖和多了。

“我喜欢热带。”她说。

“要不要坐会儿？或‘咬’点东西？”我说。

她被我逗得哈哈大笑——“咬你怎么样？”——最终，她还是坐了下来。她什么时候毕业，毕业后又做什么呢？“我会饿肚子。”她说。

也许，她现在就饿得要命，吃相可以证明一切。她用最快的速度切好牛排，猛地塞进嘴里，大口咀嚼起来。她问我喜欢巴黎吗，如果想到处看看，她愿意做向导。

怪不得上次玩得不尽兴呢，都是梅兰妮的缘故，我暗自盘算。姑娘名叫莉莉安，我想带她参观我住的旅馆，她肯定喜欢，但如此一来，工作人员可能会刁难我。有的旅馆在这方面把控得很严，有的则无所谓。

最终，我们多喝了几杯酒，我步行（我把手搭在她那淡黄绿色的后背上）送她到出租车站，并提前付费给司机，拜托他把莉莉安送回家。转天，莉莉安来找我，打算带我看些有趣的东西。离开前，我俩好好亲吻了一通。我不确信她明天是否还会出现，但没关系，不来也无所谓。

她还是出现了，看到大厅中莉莉安的身影，我顿时觉得肾上腺素飙升，那感觉就像得到了人们不惜用万金来交换的神药一样。莉莉安陪我逛了第七和第八街区。我对教堂真的不感兴趣——她怎么会认为我喜欢教堂呢？——但这些都是陪衬，真正的目标还未达到。寒风吹拂着我们脚下的落叶。浅黄绿色的轻便大衣并不御寒，莉莉安冻得直哆嗦，为炫耀自己的财力，我去瑞弗里大道的某家高档成衣店给她买了件款式相当时尚的红色羊毛外套。我喜欢看她随意试穿不同样式的衣服，也喜欢她的直率，从不假惺惺地向我道谢。衣服买完后，我们更加密不可分了。

在家，我绝不会这样做——给刚认识的女人买昂贵的礼物。我也没必要这样做。所有人都知道我是谁。但这是巴黎，我连自己都不认识，随时可能陷入无法沟通的险境。我的英语已经被莉莉安的法式英语带走味儿了，发音越来越僵硬，只有美元能救我的命。我必须尽力做好每件事，让生活回归正轨。

恋情发展得很顺利。我们在圣日耳曼街区的一家小酒馆吃了顿很棒的晚餐，莉莉安的眼光还不错。之后，她带我去俱乐部听爵士乐，这正是我喜欢的。为保持清醒，我必须猛灌咖啡，萨克斯吹吹停停，架子鼓轻声低语，贝斯在嘲笑它们。我听过比这好得多的演奏，但不是现场，我的皮肤能感受到空气的每一次颤动，我的呼吸也在随之流淌。莉莉安说乐队成员们度过了一个美好的夜晚。

那天，我去莉莉安家过夜。那里光线极暗，条件差得可以（我们在哪儿？），是我见过的最小的公寓，橱柜只有一个玻璃门，此外还有一个电炉。“欢迎光临，美国先生。”莉莉安说。她的床很软，像一片灰白的树丛，可惜还没怎么亲热，我就睡死过去了。

我的状态可谓一天比一天好。作为情人，莉莉安既爱玩爱闹，又透着沉着冷静——嗯，让我猜猜。她比美国女人更爱自由？也许是吧。她没那么认真、做作，甚至敢赤身裸体走来走去。“你开心吗？”莉莉安问我，我们俩坐在床上，共饮一瓶水。

这问题没啥技术含量，但我不介意。

“当然。”我说。

这并非谎言，甚至跟谎言扯不上边，但其他事就不一定了。我告诉莉莉安，爸妈在阿尔及尔和维也纳都开有旅馆。我还告诉她我是耶鲁的毕业生，可惜莉莉安根本没听说过耶鲁。我为什么觉得自己可以随意编造故事？我喜欢自己的真实经历，尽管莉莉安可能一个字都不信。那场差点把棕榈滩酒店夷为平地的大火，疯狂的前妻将一条钻石项链扔进了大西洋——“我的上帝！”莉莉安感叹道，看表情就知道，她不怎么相信我的话。

她果真是大学生？好像没错。莉莉安说她在准备考试，用不着去上课，所以我俩寻欢作乐后，她才有时间听音乐，整天去我住的酒店的大堂喝开胃酒，要么就去咖啡馆找朋友鬼混。莉莉安的闺蜜都是性格活泼的骨感少女（她们用蹩脚的英语和我打情骂俏），除此之外，还有两三个男性朋友，他们似乎对我非常感兴趣。

几天后，我才想起要去美国运通看看父母是否回信了。果然有封寄给我的电报：为你羞愧，失望透顶。随时联系。妈妈爸爸。

父母的反应竟如此激烈，简直出乎我的意料，很显然——几乎是明摆着——他们发现我偷用公款了，起初，我还认为自己的计谋天衣无缝呢。我抓着发黄的电报纸走出运通，心中泛起一阵阵惊恐。我凭什么觉得自己能瞒天过海？我又凭什么觉得自己能把所有人玩弄于股掌之间？突然，一个法国男人撞到我身上。“抱歉。”我用不标准的法语说。听到自己的声音，我突然意识到一个事实：我在这儿，而他们，在那儿。

莉莉安在家等我，那晚，我比平日多了几分粗鲁。我一边忙活，一边谋划着许多颇具情趣的小花招，莉莉安来者不拒，她时而大笑，时而高声呻吟，这正是我期望的效果。云雨过后，屋内已漆黑一片，窗外出现一道紫色的晚霞。“疯狂男孩。快醒醒。别睡了。”莉莉安说。她开始用炖锅煮所谓的牛仔咖啡，然后再通过过滤器倒入杯中。布满裂痕的水槽中全是乌七八糟的咖啡渍，闻着还挺香，这是我第一次见莉莉安做家务。

眼前的一切提醒了我：我不要回美国，也不会和莉莉安同居——想要真正了解她貌似不大可能——但我可以在酒店住上几年。一个像家一般温馨、价格公道，且允许我随意带朋友出入的酒店。也许，莉莉安知道哪里有这样的地方？

“喔！”莉莉安朝咖啡做了个鬼脸，“火太大了。没错，有很多这样的地方。想搬家就招呼我一声。”

那天，我和她的朋友们玩到很晚，莉莉安重新向他们介绍我，说我是新晋巴黎人，是刚来到这个顶级城市的新公民。

“你准备待多久？”有人问。

“不打算走了。”我说，“想把机票兑换成现金。”我突然冒出这个念头。

所有人都在为我鼓掌。“干得漂亮。”莉莉安说。这太让我意外了。他们说我可以考虑黑市，必能大赚一票，比直接退款强多了。一位女士说她认识一个朋友，可以帮我打听打听行情。接着，大伙共同举杯——将又矮又粗的平底玻璃杯举到脸的正前方，敬永远的巴黎。有时，入乡随俗就是那么简单。

莉莉安推荐的酒店果然不错，第一眼我就喜欢上了这里，它位于蒙帕纳斯，按月支付房价相当划算。房间贴着黄色墙纸，角落里的坐浴盆虽不怎么美观，但我喜欢（可能喜欢）那张老式的深色木床和漂亮的小写字台，窗外好像是专属于我的私密庭院。是莉莉安帮我搬的家——我们把两个旅行袋塞进出租车，除此之外，还有棵巨大的橡胶树盆栽，是我酒后冲动消费的结果。其中一个旅行袋装满了现金，我偷盗公款的方式真可谓简单粗暴。单簧管只好放在我大腿上。“你是本尼·古德曼先生？”莉莉安说。

“我比他时髦多了。”到旅馆后，我们乘坐摇摇晃晃的电梯到房间，然后我坐在床上，为莉莉安吹奏《直到爱上你》。我尽可能模仿吉米·杰弗里的风格。这曲子相对简单，旋律轻柔哀伤，我诠释得不错，虽是业余水平，但还是抓住了些许感觉。

“是为我准备的吗？谢谢你。”莉莉安说。

突然间，我觉得自己应该感谢莉莉安。没有她，此时此刻，我将栖身何处？她的随手相助帮我开启了一段与众不同的人生。

我们共用一个水杯，喝了点高档法国白兰地，然后又小睡了会儿。醒来后，天光已渐暗。庭院外传来刺耳的摩托车声。“初来巴黎，我觉得外面吵得很，但如今，我对一切噪音都能充耳不闻。”莉莉安说。我一直以为她是土生土长的巴黎人。原来，她出生在诺曼底的一个小城镇，四周全是农场。“丑得要命的地方。”莉莉安说。能考到巴黎的大学，她一定够聪明，虽然我不认为她是聪明人。

“那里很无聊吗？”我说。

“我不喜欢那儿。”她说。

“你不准备回去了？”

“哦，当然不是。我还要看望家人。有时也回去。”她说。

莉莉安的话让我想起了自己的家人，我惊讶地发现自己已经很久没记起他们了。我还在等父母的电报，但自上次以来，我根本没去过美国运通的办公室，我去过吗？我大概也希望他们忘记我这个儿子吧。我的工作完全可以让其他人顶替——办公室的米莉或前台经理路易斯——只有用到他们的时候，父母才有意义，除此之外，他们毫无存在感可言。倘若我永远不回家呢？我会告诉他们我的行踪，让他们找得到我。这样当我有所感怀时，心情还能稍微好些。

第二天，我去美国运通发电报，告诉父母我在法国的地址。目前住址如下，可以往这儿寄信，我写道。果真有我的信，信封上印着酒店的标识，一棵红色棕榈树。“哦，安东尼。”妈妈写道。他们开除了路易斯，那位气质高贵、儿孙满堂的老员工，因为他偷了酒店的钱。后来，父母才知道真相，钱居然是我偷的。把事实公之于众，让大家知道老板夫妇有怎样一个儿子，你能想象这种场景吗？“你为什么偷钱？算了，当我没问。我不想知道原因。也不想认识现在的你。爱你的妈妈。”

我脑海中根本没有偷钱的概念。这只是解决问题的方法，需要分几步完成，而且每一步都简单得要命。当时我还很惊讶，手到擒来的事，自己居然从未做过。路易斯教过我骑自行车，他是旅馆的老员工了。没人告诉过我从酒店拿钱会遭受惩罚。这句话一直萦绕在我的脑海中，久久无法消散。

那天晚上，我告诉莉莉安棕榈滩到处是漂亮的别墅和迷人的海滩，但我父母一向盘剥雇员。因为这件事，我和他们吵了很多次，最终忍无可忍，只能离家出走。“你和他们不一样。”莉莉安说。

“是不太一样。两个姐姐更像他们。”我说。

“你比他们大度，宽容。”她说。

“是个人都比他们大度，宽容。”我说。

“美国没有工会？”

“有。”

“法国工人可以大罢工。”她说，“有些人不喜欢罢工，但我喜欢。”

“你是唯恐天下不乱吧。”我说。

“当然不是，我站在工会这边。”她说。

“罢工可不是聚会。”我说。

莉莉安气愤地瞪着我，我大概冒犯到她了。她嘴唇抿得紧紧的，眸子里闪着怪异的光。

“法国不惧怕罢工，我认为这点比美国强。”莉莉安说。

“既然如此，你为何不把新外套送给工人朋友呢？”我反问。

“你喝得太多了。”她回答。

说实话，我特想扇她一巴掌。我之前从未有过这种冲动。难道我大老远逃到法国，就是为了印证自己有暴力倾向？我被自己的想法搞得无比郁闷，甚至整个身体都僵住了，只能闭上眼睛强撑着。

“我回家，你睡觉吧。”莉莉安说，“现在你可以睡个好觉了。”

“你很聪明，是吗？”我说。

莉莉安从床上起身。我俩经常倚着墙，肩并肩坐在这儿。她祝我做个好梦，然后穿上那件高档外套出门去了。

第二天醒来后，我一点也不为自己的言行感到骄傲。莉莉安家里没装电话——只能让邻居捎口信，但他们不会说英语——我必须亲自登门致歉。我知道，自己那天又喝多了。晚起床不仅能节省开销，还能充分利用时间。既然短期内回不了家，而且钱（目前绰绰有余）的数量也有限，我是不是该多学点法语：是报班，还是找家教？一旦过了语言关，我就在巴黎随便找份酒店管理的工作，这儿酒店很多，无论是气派豪华的，还是小巧可爱的，通通没问题。到那时，我就有机会认识不同的人——莉莉安的交际圈过于狭窄——真正彻底地融入这座城市。

十一月的巴黎寒风料峭，太阳很早就落山了。莉莉安住在一栋四层高的建筑物里，从外表看，楼房很像一块覆盖着煤灰的石头，它坐落在大街尽头，距伏尔泰大道不远。刚进楼道，我就听见屋内的说话声，莉莉安打开房门——“嗨，是你啊！”——今天有客人光临，是让·皮埃尔和伊薇特，我和这对夫妇见过一次面。

他们仨在聊另一位朋友的事，边说边哈哈大笑。那位老兄被妻子甩了，我并不觉得有什么可笑的。“哦，等你了解事情经过后，就知道很滑稽了。”他们对我说。可惜，他们在说法语，我根本听不懂。莉莉安让我坐在餐椅上——这么个小房间，同时容纳四个人简直太拥挤了——然后她再坐在我大腿上。看到她待人友好，而且有说有笑的，我很高兴，心里也松了一口气。

那天晚上，莉莉安兴致很高。我们一起去饭店吃生蚝——大家开玩笑说这东西有壮阳作用（“再有六个下肚，我绝对能废了这个男的”），莉莉安吹牛，说她还是小女孩时就自己出来采生蚝，然后用篮子搬回家。“永远的女汉子。”让·皮埃尔说。

莉莉安想抬起桌子，给我们展示她的肌肉，但被我们齐声阻止了。伊薇特笑到上气不接下气，喝了点水才缓过来。

我们玩到很晚才回家，刚进旅馆门，我一头扎在床上就睡着了，连衣服都顾不上脱。恍惚间，好像是莉莉安帮我脱的鞋和裤子，她还愿意照顾我，这很让我感动。转天醒来后，莉莉安已经走了——正值中午，阳光从庭院中洒进来。屋内暖气不足，没理由掀被子起床。我窝在房间里，用苏打饼干和巧克力充饥，读米基·斯皮兰的侦探小说解闷，然后一睡一整天。

转天天刚亮我就起床了，然后冒着寒风去街角的咖啡屋喝咖啡。事实证明，我这个响当当的购衣达人的确需要再添一件冬装。从佛罗里达州带来的轻便风衣根本不能御寒。看来今天有事可做了。我打开旅行包准备拿钱——骆驼毛的应该不错——里面竟空空如也。用橡皮筋捆好的一摞摞钞票不翼而飞了。霎时间，我还以为自己拿错包了。难道我喝醉后把钱转移到更秘密的地方去啦？我完全记不起自己到底做过什么。也许放在床垫下面。也许我用塑料布包好，放进了厕所水箱里。抬起床垫——没有——爬到抽水马桶上面——还没有——房间虽冷，我却出了一身汗。“该死，该死，该死！”我一遍一遍大叫。写字台的抽屉里没有，大梳妆柜的架子上没有。浴垫下也没有（好吧，我不会把钱放那儿）。我一直在喊，在呻吟，仿佛病魔缠身一般。没错，我就是病了，越发强烈的痛苦令我燥热难当。

旅馆里有两名女仆，米雷耶年龄稍大，长相俊俏；年轻的那个长相一般，但她死活不肯告诉我她叫什么。不是女仆拿的，也许不是，反正我觉得不是。如果问莉莉安，她会觉得女仆是贼吗？我喝光剩下的法国香槟，然后去酒店大厅买电话币，打电话给莉莉安。“她不在！别打来了！”莉莉安的朋友说。不管我怎样辩解，她只回答这么一句“她不在”。

好吧。我只能去找莉莉安面谈了。我可以威胁她，可以把她推到墙边逼问她。听着。我要向美国大使馆告状！他们定会笑作一团，可怜的美国佬，被法国女孩甩了还好意思到处宣扬。哦，莉莉安。她果真如此恨我？难道我们喜欢与自己憎恨的人做爱？我俩竟会有这种癖好。莉莉安为人热情，爱好运动，她并不粗鲁，性格也称不上怪异。因为恨我就将我洗劫一空，她没这么幼稚。不对，是金钱的诱惑，没人对金钱免疫。沉甸甸的现金摆在面前，近在咫尺，唾手可得。

她曾见过我打开那个旅行包吗？我是否曾把旅行包大敞四开地放在她面前？我不知道，我怎会记得这些？对我来说，早晨起床记得鞋放在哪儿就算幸运了。或者莉莉安趁我睡着时把钱偷走了，一想到这个画面我就心里发堵。包上的锁并不结实，用发卡一捅就开。面对如此巨款，莉莉安不可能不心动。她知道，钱就在那儿，不拿白不拿。她心痒得很。

我乘地铁去莉莉安居住的公寓。车上的男男女女打扮得很入时，女人们围着安哥拉山羊毛围巾，脚蹬亮闪闪的靴子；男人们的头发整整齐齐地向后梳着，一片油光水滑。放眼望去，只有我连胡子都懒得刮，邋里邋遢，萎靡不振。

莉莉安貌似不在家，门铃都快被我按坏了，也不见有人回应。我拼命敲门，对着窗户喊她的名字。路人嫌我吵，个个脸色都很难看。一个戴羊毛帽的老人在轻声咒骂我。我用饭店的旧收据写了张便条，塞进莉莉安的邮箱。立刻打给我——情况紧急——安东尼。

回到旅馆后，我坐在床上，边喝酒抽烟，边计算钱包里的现金。够用五天，也许还能长点，这取决于我的伙食标准。房间可以再住两周，我还能变卖随身物品。几本书处理给英语书店，橡胶树是在街边市场买的，我再摆摊卖出去。可以做个牌子，上面写上“出售”。这点法语我应付得来。

吃饭问题也亟待解决。我来到距旅馆最近的一家百货店，囤购廉价食品用以充饥，硬奶酪、意大利干香肠、沙丁鱼罐头，还有之前我连看都懒得看的劣质红酒。返回房间后，我坐在写字台边大嚼特嚼，心情稍稍平静了一些，体力也有所恢复。我又开始想莉莉安。她曾亲吻我的脚趾，还开心大笑！我俩并未正式分手。倘若还能得到她的欢心，我一定让她羞愧到无地自容，乖乖把钱交出来。也许，等她再见到我，记起自己的所作所为，她会把钱藏到我的房间，诬赖是我把钱搞丢了。

那天晚上，我第二次去找莉莉安，足足按了十分钟门铃。转天早晨我又去了，之前的便条还放在邮箱中。傍晚，我仍坚持去找她，这好像成了我的工作，但这回，我是走着去的，整整花了一小时，中间还迷了一次路。我身穿厚毛衣，外罩轻便羊毛外套，领子能拉多高拉多高，双手赤裸着插进口袋里，几乎冻僵了。我边按门铃边大喊她的名字，一遍又一遍。莉莉安。莉莉安。莉莉安……

回房间还有酒喝，我甚感欣慰。酒精可以让我暖和，还能消除恐惧；我越发确定，此时此刻，恐惧是无关紧要的。我并没有被现实蒙蔽双眼。我知道，我的生活仍旧一团乱，但我也知道如何从另一个角度看待问题，而这都是酒精赐予我的。

我可以削减开支。本人身体健壮，少吃点少喝点无伤大雅。新鲜出炉的法棍比蛋糕更有营养。让别人吃蛋糕吧！如果莉莉安回来，我可以给她买块小巧可爱的硬皮面包。

我手头没有回美国的机票，对吧？她朋友说不定也是骗子。但莉莉安知道，我唯有写信回家跟父母要钱这一条出路。（我要怎么说？亲爱的父母大人，你们根本猜不到——我从酒店偷走的钱如今又被别人偷走了！信不信由你。）即便手里有机票，我也选择退钱。我不回家。美国的生活已然告一段落。

进屋看到我的样子，女仆着实吓一大跳。这次来的是年纪较轻的那位，体型丰满，脸颊肉乎乎的。我躺在被子上，身穿圆领毛衣，下穿条纹睡裤，旁边放着单簧管，这副架势谁看都会觉得怪异。“你好啊。”我略带慵懒地说。女仆说了句我没听懂的话——肯定不是什么好话——接着转身就走，连块干净毛巾都没给我。

我开始用单簧管吹奏《自从我爱上你》，水平还不赖。我一遍遍地吹。旅馆经理跑来敲门。“安静，请您安静。”他用英法两种语言说道。我没搭理他，但我试着光用手按，不用嘴吹。晚些时候，我将手绢塞进管口，希望可以堵住声音。可惜没什么用。

默默躺在床上，有乐器不能动，这个漫漫长夜要如何度过。黎明时分，我实在忍受不住了，只好把单簧管装箱，拎着出门。几个街区之外是小小的三角形广场，周边立着几棵秃树，我坐在长凳上，开始演奏《睡衣游戏》。天气寒冷刺骨，手指开始僵硬，吹奏越来越费劲，但好在我有选择权，想吹什么就吹什么。轻柔，抑或高亢，全凭自己做主。一位女士微笑着从我身边经过。然后，又有一位年纪和我差不多的男生驻足倾听。他边点头边把手伸进口袋，接着掏出五十分放入琴盒！真逗，我吹合唱部分时差点笑岔气。

我先用白得的五十分买了包坚果，然后回到房间，品味这段好玩儿的经历。我想象着要把这件事告诉某人，但选谁好呢？也许，等情况变得更糟，我会写信给梅兰妮。嗨，梅兰妮，你简直无法相信之前都发生了什么。她才不会拆开信封看呢，顶多瞅一眼封面。

旅馆不让我住了。我不清楚是否已经期满，但经理说："明天我们就和您再见啦，请归还钥匙，祝您旅途愉快。"我也祝他愉快。这家伙果然阴险。或许，我可以换个房间，多待几天？但经理死活不许："不行，不行，住房全预定出去了，现在是旅游旺季。"曾经，我也常把这句话挂在嘴边。

他们不要我的钱，我也没钱。这个场面真是好笑。天色渐暗，我拎着单簧管来到寒风凛冽的大街，我的目标是地铁站，那里暖和极了。下班高峰时段，地铁站人山人海，根本没地方坐，我只好站在墙根下，满身疲惫地吹奏《宝贝，请你回家好吗》。地铁站相当拢音，美妙的回响为乐曲增色不少——令我颇感惊讶——我吹着长音。"千百次的徒劳，永远不再呼唤你的名字。"多动听的旋律。过了会儿，终于有位高中生将一枚硬币放到了琴盒里。自此，我的音乐越来越受欢迎，所有人都要驻足片刻再离开。中场休息，我从贩卖机上买了包花生，它虽然可以让我精神振奋，但吃太咸的东西对演奏者没好处。那天，我在地铁站一待就是好几个钟头，所有角落都被我的音乐填满了。

回家的路上，卖法式薄饼的小贩吆喝得人心痒痒，我买了张原味的。这简直是我吃过的最美味的食物，蒸腾盘旋的热气，柔软的外皮相当有嚼劲，堪称完美。这个夜晚过得不赖，不是吗？

第二天早晨，我的精神状态好极了。我拜托前台职员——他们全是傲慢自大的家伙——替我看管行李，自己则把大部分衣服套在身上，内衣和袜子塞进琴盒，外套口袋里还放了一小瓶白兰地。我知道自己的所作所为很荒唐，甚至到了丑态百出的地步，但一想起街头艺人四个字，我却禁不住窃喜。我喜欢这份工作。在地铁站吹单簧管，凭我的技艺可谓绰绰有余，小菜一碟。

台阶下到一半，前方传来手风琴声，炸裂的和弦震荡着路人的鼓膜。我决定去车厢演奏，于是急忙跳上刚进站的地铁。见我拿着单簧管，乘客们纷纷面露不悦之色，我装作没看到，眼神直勾勾地盯着前方，开始吹奏《祝你圣诞快乐》，好像身处无人的房间。几小节完毕，我面无表情地走上前去，打开琴盒找乘客要钱，我既不冲他们笑，也不祈求讨好。

接着，我从不知道是哪里的一站下车，继续换乘另一辆。下午，我的演奏曲目是《第十三号小夜曲》。可怜的莫扎特。要是让杰弗逊先生，我那年迈的单簧管老师，看到我当街卖艺，他会怎么想？但乐器就是用来娱乐大众的（法国人在鼓掌呢！），所以我吹了整整一天。

在地铁站，我可以取暖，可以用公厕，可以随便喝白兰地，可以从自动贩卖机购买糖果。我甚至还能抽烟，因为没人在意。地铁站的好处说也说不尽。

可惜地铁不全天营业。这是缺陷所在。我假装不知道地铁站会关门，坚持蜷缩在长凳上睡觉。不舒服是当然的，但和那些无法摒除物欲的芸芸众生相比，我依然觉得自己略高一筹。我更有见地，内心更坚强，只是没人理解我罢了。

突然，有人冲我大喊大叫。我急忙起身，但还是把那家伙惹毛了，他粗暴地将我拽起，狠狠摔在长凳上，弄得我脊椎骨都快断了。剧烈的疼痛如电流般瞬间将我击穿。直到此时，我才看出他是警察，身穿海军蓝制服，裤子塞进厚重的靴子里。我的身体开始不听使唤，恐惧越来越强烈。他脖子很细，和蛇差不多，下巴尖尖的，脸上毫无表情。这家伙把我硬赶出去，还踢我脚踝，但不敢太用力。我抓起琴盒朝楼梯跑去，这样做正合他意。

向前，向前，继续向前，我害怕，不敢停下来。跌跌撞撞，一瘸一拐，我简直和傻子没两样。这不是我，我不该遭受这种待遇。但，我还有单簧管，谢天谢地，在此寒冷冬夜，至少有它陪在我身边。

街旁的店铺被金属栅栏罩得死死的，楼上漆黑一片。不远处，两个年轻男子把手插在裤兜里，边散步边大声说笑。这才是我该过的日子。我到底是怎么落到如今这步田地的？

这就是个错误。它何时才会结束？莉莉安，莉莉安，莉莉安。我一边在心底大声疾呼，一边眼巴巴地瞪着街边的窗户：她也许在这儿，也许在别处。她到底在哪儿？或者梅兰妮愿意来救我，我可以试着联系她。

我身上还有钱，真真正正的法郎——我怎么能忘记这点？如果还有营业的咖啡厅就好了，可以来杯咖啡喝。我满怀着希望向前走，但愿能找到。可惜梦想落空了，但活动活动总比站着不动暖和。前方突然出现一座巨大的石头教堂，尖塔高耸入云，铅黑色的窗户，正门紧锁。妈妈总带我们去参加圣公会教派的集会，但我们从不认真听讲。现在我坐在教堂石阶上，背靠墙壁。在这寒冷的冬天，连石头上的霉味都变有趣了。

一觉醒来，天空已微微变蓝。就在我下方不远处，好像有个东西被裹在毯子里，肯定是人，除了人还能有什么。他离我很近——我甚至能听到他的呼吸声，那声音里还带着威胁的意味。他从哪儿找的毯子？为什么给他发毯子？男人把毯子紧紧裹在身上，我想偷都无处下手。

男人动动身子（我不喜欢那个动作），露出了头部，看到我在后面，他吃了一惊，眼睛瞪得老大。“你好。”我边挥手，边用法语和他打招呼。男人嘟囔了句什么——肯定不是你好——接着又把眼闭上了。他希望我滚出他的视线。

当我再次醒来时，黎明的那抹粉色已爬上天空。裹着毯子的男人一动不动。理智恢复得差不多后，我开始为眼前的情景担忧。他可能带着刀呢，就藏在毯子下面。

他在动吗？脏兮兮的羊毛毯上印着杜布瓦酒店的标识，他肯定在那儿住过。男人坐起身，他比我年轻，头发长而油腻，骨瘦如柴，神色憔悴，脸上还有块难看的擦伤。他先对我怒目而视，接着又咯咯大笑，好像我长得很滑稽似的。他的笑声让我后背发凉。我挣扎着站起来，快步离开这个是非之地。

事后，我觉得应该主动送烟给他——我还有一包呢。电影里都这么干。或者从口袋里翻出半块巧克力给他。他肯定来者不拒。可惜，一切只是想想而已，我开始吃从街角买的面包，现在回去也不晚，那家伙八成没走。但当时的我绝做不出那种事，很久之后，我才有了助人为乐的觉悟。

我决定玩点新花样。地铁站适合演奏高音，因为声音更清亮，而低音的持续时间短，几乎听不到。所以我选择吹奏本尼·古德曼的著名曲目，尽可能多展示高音。明快的节奏（和原版相比，我吹得已经相当慢了）让巴黎人觉得耳目一新。他们还以为我是专职街头艺人呢。

晚上，我找了家小到不能再小的简陋咖啡馆，吃了盘味道浓烈的香肠，那是菜单上最便宜的东西，简直能用可怕来形容。咖啡馆的常客都是穿着破衣烂衫、嗜酒如命的酒鬼，他们上下打量了我一番，但没说什么。店主开始赶人时，我又找他（会说英语）买了瓶酒，打算路上喝。对冬天露宿街头的人而言，酒可以当毯子用，多喝点就不觉得冷了。我知道怎么照顾好自己。

咖啡馆里的家伙有几个长得凶神恶煞，很可能威胁到我的人身安全。我始终认为，即便睡在教堂外面也是保险的，但我没必要为找教堂走太远，最终，我睡在了雕花拱门下的楼梯上。不能再这样了，不能一直过着乞丐的生活，我暗暗告诉自己，好像真有什么人能听见我的祈求似的。

半夜，我突然开始剧烈呕吐。为了不被呕吐物呛死，也为了不弄脏衣服和琴盒，我只好迅速站起来，尽量把身体往前倾。放眼望去，周围一片狼藉，除去喷涌而出的胃液，还有消化了一半的香肠。这下，晚餐钱算打水漂了。肠胃就是这么不争气，它非要给你来个样看看，让你知道它的厉害。真是病来如山倒，我过了好一会儿才渐渐恢复。

说到底，都是没钱惹的祸。倘若有旅馆睡，我绝不会生病。我的确嗜酒如命，这没错，但我家的旅馆也接待酒鬼啊，服务员甚至还亲自护送他们上电梯，回房间。有软绵绵的床相伴，他们也许能睡个好觉。哪像我，大冬天的露宿街头，冻得瑟瑟发抖。我想去塞纳河里洗洗手，洗洗脸，顺便把衣服弄干净，毕竟这里的水不要钱。

走到近处，我才发现问题所在。当时天还没破晓，河边漆黑一片，树丛被风吹得沙沙响，周围兴许还有其他不明生物。我可不能冒险。

我裹紧大衣，抓着琴盒的小把手继续向前走。由于咳得太厉害，我的身体佝偻成一团。多么可笑的形象，彻头彻尾的失败者。快让我离开，离开这个毫无用处、冻得发抖的臭皮囊。我受够了。我不想让梅兰妮看到我这副德行。她在佛罗里达，我知道，但当迎面走来两个穿高跟鞋的女孩时，我依然不由自主地低下头，万一其中一个是梅兰妮怎么办。她们也许是上街拉客的妓女，连她们都不想看到我。女孩们拐进了一栋四层楼建筑，它的灰泥外墙已经脱落得差不多了。世界上竟有如此丑陋的旅馆。楼顶立有橘黄色霓虹灯招牌。杜布瓦？教堂外那位老兄偷来的毛毯上不就印着杜布瓦三个字吗？此等巧事居然让我碰上了，我坐在河岸边的栏杆上陷入了沉思。

倘若我身上没有呕吐物的气味，倘若口袋里的现金再多一点，我就可以住这种旅馆了，这里大概不挑住客。我肯定认为自己要一辈子露宿街头，再也无法回室内居住了。唯有站在破旧的旅馆前，我才敢生出一点希望。现在的我只能看到眼前的东西，其他的什么都不敢想。

太阳升起后，我来到蒙帕纳斯火车站，用卫生间里的肥皂彻底把自己清洗了一遍，惹得其他乘客纷纷对我侧目。除此之外，我还用湿巾拼命擦外套。待到洗漱完毕后，我才走回地铁站，开始单簧管巡演。

演出一直持续到晚高峰来临。地铁那么拥挤，乘客没有掏钱的兴致。赶往杜布瓦旅馆前，我特意买了薄荷含在嘴里，这样可以遮掩酒鬼的身份，不让别人发现。这座旅馆怎么神出鬼没的，它兀自戳在那儿，灰白色的破楼，爬满金属线的霓虹灯招牌还未点亮。如果他们不肯收留我，我就想办法打听打听，看附近是否还有其他地方。

前台是位老太太，她什么都没说，只问我是否一个人入住。她把价格写在纸上。我付了一晚的房费，老太太把钥匙给我，顺手指指楼梯。是直接上楼的意思吗？我不太明白。

楼梯间超级黑，每到一层，我都要费力寻找开关，然后趁它还没熄灭时快速通过。房间简陋到极致，几乎和马厩差不多。除了金属架子床、一张靠墙放的桌子和角落里的洗脸盆，其他一无所有。我终于有自己的房间了。进门后，我立刻瘫倒在床上——那床垫，那吱呀作响的弹簧，那质地粗糙、与后背如此贴合的毛毯，一切的一切都那么令人不可抗拒。房间两个字究竟是何含义，我思考着，总之是个非常棒的、让我震惊的东西就对了。墙壁、房顶、地板，让人喜不自胜，我要好好在床上躺一会儿。

我终于摆脱了动物的境地，虽然每天只能把头扎进水槽里清洗。杜布瓦旅馆里有公共淋浴间，但必须花钱才能用。大厅的厕所很简陋，地板上挖个瓷洞就叫厕所了，我后面还有几个家伙在排队。那个留胡子的瑞典人怎么看怎么像二十世纪五十年代的叛逆青年，浑身散发着恶臭的比利时人则袒胸露背，下身穿着条纹睡裤。这里有女人吗？据瑞典人（他英语很棒）说，妓女都住在一楼。我告诉他我叫安东尼，天啊，我已经多久没听到这三个字了。安东尼还活着，对吧？

回房间后，我又喝了点酒，试图让自己保持清醒，天渐渐黑下来了，我提醒自己万事小心，千万不能在这里醉酒。但另一方面，我又不能太清醒，否则根本没勇气回到地铁上。我依然是个可笑的家伙，里面穿着好几层毛衣，把外套撑得老大。一会儿，我还要去之前的旅馆取行李。

前台工作人员从后面屋子里把我的旅行包拽出来，神态依旧傲慢，多么可爱、熟悉的旅行包啊。“还有一封你的信。”男服务员说。难道是莉莉安写来的？我像个傻瓜似的笑着，不知不觉中，我已经把手放在了胸口。她想解释，她想让我回到她身边。也许她根本没偷钱，小偷另有其人。这一切都不是她的错。

“你好，安东尼，你不认识我。”不是莉莉安的信，“你妈妈让我联系你。她是我前妻，这是很久很久以前的事了！我住在第六区。如果你收到信了，可以来找我。”签名是诺曼·雷姆森，后面还附了电话号码。

我知道这家伙，妈妈的第一任丈夫，那是段放荡不羁的青春岁月。据她说，诺曼的回忆录惹怒了镇上的所有居民，也包括老妈在内，还好他提前搬家了，否则后果不堪设想。所以如今，妈妈才拜托他照顾我，以求给我一点家庭的温馨？

用不着他的好意。我是一步步熬到今天的，每个脚印我都清清楚楚地记得。我变蠢了，变真实了，但我喜欢现在的自己。我不想放弃这种生活。

当然，这封信让我想到了妈妈。那是段“村中岁月”。妈妈经常这样说。她和几个同样贫穷的年轻人住在一栋脏乱差的公寓楼里。“你简直无法想象我们的伙食有多差。”她说，“什么便宜买什么。”至于这位前夫，妈妈的评价倒是从没变过：脑袋空空的吹牛大王，只会装腔作势，一分钱都挣不来。

而如今，这个和我妈上过床，还知道我偷家里钱的男人居然要见我。妈妈还是关心我的，这点让我很欣慰。

晚上我回杜布瓦酒店睡觉，白天照旧去讨生活（我靠乞讨挣钱，周末也不休息），隔壁咖啡馆的妓女经常见到我。“嗨，可爱的小家伙。”她们会的英语有限，况且她们也知道，我并非有钱人。但即便如此，一个女孩甘愿开出非常低的价位，邀请我光顾（我能听懂她说的数字）。她是位美人，皮肤白皙，但面部已经松弛了。她的热情好客把我吓得不轻：看看，连我这样的“嫖客”都嫌弃她。从瑞典来的尼尔斯告诉我，卖淫这项活计是对工人命运的一种特殊体现。出售已有的某样东西给某人，原话怎么说来着？

尼尔斯帮我在跳蚤市场买了件夹克。他领着我一个街区一个街区地逛，路旁都是搭着雨棚的摊位，售卖铁管、旧裙撑，还有来路不明的军用头盔——总之，都是被这个花花世界抛弃的旧物——最后，我们才找到卖旧外套的地方。所有的衣服都泛着尘土味，有的甚至更糟，我看中一件海军蓝的羊毛厚呢短大衣，但稍微有点肥。穿好了站在摊位旁的长镜子前照照，我比以前瘦多了，脸蛋红扑扑的，还不错，比以前顺眼多了。

衣装既已置办齐全，我可以见见这个叫诺曼的男人了。接电话时，他用的是法语："希望你在巴黎过得不错。""哦，是的，很好。"我回答。诺曼邀请我本周内与他共进晚餐。

我特意多喝了点酒，不然怎么好意思去他家？诺曼的公寓位于克劳德·伯纳德街，我迷迷糊糊地爬上蜿蜒曲折的楼梯，每转一个弯都头晕到不行。诺曼已经在门口等着我了，他剃着光头，鼻梁上架副眼镜，身后那位漂亮的法国女人一定是他太太，虽然上了点岁数，但她把纤细的头发扎成马尾辫，显得相当俏皮。我似笑非笑地看着诺曼。"你终于到了。"他说。我整整迟到了一小时。

眼前的几个房间都不算大，屋内零零散散摆放着各种小装饰物。除此之外，还有一架钢琴和一些贝壳收藏品，其中有尊绿瓷印度雕塑，是个大象头的形状。难怪我妈和他离婚呢，我想。"只是便饭而已，没什么好吃的。"诺曼说。

真是没什么好吃的！开胃菜是几片意大利蒜味腊肠，汤是菜花奶油汤，沙拉是豆瓣菜。难道只有这么多？诺曼善于聊天，此话果然不假。“这里的蔬菜非常棒，希望你喜欢。你很喜欢，对吧？当然，我们早习以为常了。但战争时期可没这种待遇，先生。”

“什么战争？”我几乎脱口而出，“战争时期你住在巴黎？就是和德国人打仗的时候？”

“没有！不在巴黎！大家都知道我是无政府主义工团分子，待在巴黎太危险了。”

什么分子？我完全听不懂。

“我们在南方定居。乔赛特有亲戚在南方。”诺曼说。

“和他们一起生活非常愉快。但回家更愉快。”乔赛特说。

乔赛特是幼儿园老师，所以很快就找到了工作。但诺曼比较麻烦，他说自己“为某家英文报纸撰写文章”，现在收入稳定多了。现在？战争都结束十七年了好嘛。

“巴黎是座让人怀念的城市。”诺曼说，“你打算待多久呢？”

“不打算走了。”我说。

“那你天天都做什么？”诺曼问。

“逛风景比较老套，但我认识了许多不错的人。”我说。

“你还年轻，自由自在的，可以想干什么就干什么。”乔赛特说。

从逼仄的卫生间小便回来，我路过那尊象神雕塑。周围散落着几枚硬币——一个五十分，两个一法郎——我本想顺手拿走，但最终还是放弃了。

“我的一个朋友在卢瓦河岸边有座城堡，我要去那里过新年，参加盛大的城堡舞会。需要给妈妈带礼物吗，你觉得？”我坐回椅子上后说道。

诺曼死死盯着我，手里还端着碗水果。“今年产的梨最好吃，你妈妈喜欢水果。”他说。

“我住的旅馆里有棵大橘子树，树干恰好穿过前厅屋顶。我们特意找来几只夜莺，放在树上让它们唱歌。”我又开始编瞎话了。

乔赛特把精致的小盘子和刀叉摆在餐桌上。也许现在是饭后奶酪时间？可惜，我想多了。

“你妈妈肯定不认同我们的生活方式，在她眼里，我们只是可怜的傻瓜。”诺曼说。

“哦，不是的！”我说。

“在你妈妈看来，世界上只有两种人，赢家和输家。但我们却无法苟同。”

很显然，妈妈知道诺曼属于哪一类。

“美国人对于输家的定义真够让人恶心的。”诺曼说，“不偷，不抢，不捞钱，就注定被人踩在脚底下。”

乔赛特很会招待客人，她去厨房里拿了几个梨子和一瓶白兰地。

“为了不起的输家们干杯。”诺曼说。我们一饮而尽。

在椅子上坐了一会儿，我开始犯困。乔赛特用带有浓重口音的英语谈论着阿尔及利亚和政府左翼势力，我希望没人注意到我已经闭眼睡着了。忽然，我醒过来说道："不！法国才不免费，这里物价很贵！"这当然是玩笑。乔赛特大概乐疯了。

诺曼夫妇合力把我扶起来，然后领我到汽车后座，睡眼蒙眬中，我发现车厢小得可怜，这果然是他们的车。再一睁眼就到杜布瓦酒店门口了，我不记得告诉过他们我住哪儿。屋顶的橘黄色霓虹灯依旧闪亮。我忘了自己是怎么下车的，他们把我拖出来，架在中间。"晚安，亲爱的朋友，温柔善良的人儿！"我边说边朝楼梯走去。怎么那么多台阶，无穷无尽的，我跌跌撞撞爬到第二层平台，心里气得要命，不管住在哪儿，诺曼夫妇都该亲自把我送回房间。

哼，又没给自己留后路。亲爱的贝琪，你儿子就是个一无是处的傻蛋。我本想去隔壁咖啡屋喝点东西，但身上钱不够。当初怎么不把雕像旁的硬币拿走呢？

我知道自己会一直堕落下去。我讨厌现在的自己，甚至不想和"这家伙"共处一室。生命的活力正在逐渐消退。

第二天是圣诞节，我睡了一整天（今天是乞丐赚钱的好时机，我居然错过了），夜幕降临后，我提着单簧管去找诺曼。开门之后，我为他演奏了一首动听的爵士版《上帝祝你平安快乐》。

乔赛特为我鼓掌叫好。“看看谁来了。这家伙是死而复生啦。”诺曼说。

“我没死！”我说。

跟随主人进门，我发现屋里来了不少客人——也许是同属左派的朋友，也许是乔赛特的亲戚，我不知道。我只觉得自己蠢极了。诺曼邀请我坐下，还给我盛了一大块羊肉，再配上土豆胡萝卜，所有人都在用法语交谈。乔赛特不停地拍我的胳膊，让我多吃点。而我自己则如坠梦中，眼前的情景只是在上演哑剧，没任何意义可言。

盆干碗净后，大家把桌子推到一边，乔赛特坐到钢琴旁。她招呼我和她一起演奏！乔赛特弹得飞快，和《平安夜》相比，单簧管更适合吹奏《白色圣诞节》，但演出还算顺利。大家又笑又鼓掌，热闹极了。

我打算早点离开，免得又喝多了，而且我也不想和别人聊天，让他们问这问那。“谢谢，谢谢，茹瓦耶·诺埃尔，谢谢，谢谢。”我刚要出门，另一个客人也随即离开了。

他和诺曼差不多大，但头发要浓密得多。男人将一撮白发塞进羊毛帽子里，和我一起走下楼梯。他说过英语吗？希望没有。“你是诺曼前妻的儿子吧？”一阵沉默后，男人说。

啊，那帮家伙居然拿我的事找乐子。真搞笑。“你是乔赛特的亲戚？”我问。

他说自己是乔赛特的密友，两人曾经一起去印度参加冥想训练。我听说过冥想两个字吗？诺曼反对宗教，并未与他们同行。

“冥想不是宗教！诺曼的思想太陈旧了。老古董。”他说。

“我觉得他很年轻啊。”我说。

我住的旅馆距诺曼家不远，一个星期之后，我发现他们夫妇俩在隔壁咖啡厅等我，打算带我出去。“你不怎么爱花钱嘛。”诺曼说，他肯定觉得杜布瓦酒店相当简朴。

“我想过另一种生活。”我要让他觉得我是个勇敢、爱冒险的人，而不是上当受骗的傻瓜。我没提莉莉安的事。白天，我在地铁站做乞丐，用帽子接过行人施舍的硬币，我告诉自己这没什么，但内心依然觉得尴尬。诺曼没必要知道这些。现在的我除了秘密，还配拥有什么呢？

我还被乔赛特拉去参加印度冥想训练。通过呼吸和反复吟诵，我暂时摆脱了那个装腔作势的自己，内心非常宁静，轻松。我喜欢这种接近本真的灵修。我想象着自己从黑暗中挣脱出来（哪怕只有短短的一瞬），但我一闭眼就困（我无法在这种地方保持清醒），所以趁着老师用法语布道，我也开始张嘴说话。我讨厌坐在地上。如果愿意，我可以坐在家中的地板上。

可怜的乔赛特。突然，一个大约四十岁的男人朝我们走来。“你还好吗？”典型的美国英语，“又一个美国人！哦，是的。

巴黎有很多美国人。”男人说。

“我听说了。”

嗜酒者互诫协会设在美国教堂里，他在那儿碰到一堆美国人。他问我是否愿意和他同去。

“不用了，谢谢。”我大笑着说。别找我，伙计。

乔赛特满脸严肃。

就在出去的路上，我又看到一尊象头雕像，胖胖的肚子，头上还戴着奇特的头巾。底座周围放着许多硬币，是人们用来祈福的。参加冥想课的学员都从这儿进出，周围拥挤得很。雕像的脚边（形状和人的脚差不多，做工十分精致）有张闪闪发光的二十法郎纸币，相当于四美元呢，竟有人出手如此大方，简直无法想象。我把钱藏进手里，继续向前走。我瞥了眼旁边，看乔赛特是否有所察觉。她的脸皱作一团，看上去很痛苦，她也许看到了吧。胸口突然一阵闷热，有种想吐的感觉，我装作若无其事，继续向前迈步。

天空飘着冷雨，我独自走回酒店，边走边痛骂金钱，都是它害的。我心里明白，骂这些哑巴东西没什么用，大衣口袋里的二十法郎仿佛蛇皮一样，它是沾满细菌的标本，是不洁之物。

回到房间，我拿出纸币观瞧，上面印有克劳德·德彪西的肖像。又是位死去的音乐家。我该把它烧了吗？我拿出盛火柴的盒子，擦亮一根，打算把纸币点燃。

开什么玩笑呢？我只是用火柴点了根烟。诺曼说财产是资本主义的上帝（我听他这么说过），教堂全是假的，骗人的。这让我想起了棕榈滩酒店，高耸入云的大厅和雄伟的黄铜电梯；呼朋唤友的住客昂首挺胸地走在雕花的大理石地砖上；门童佩戴着军章。我回不去了。糟糕的过往已经彻底改变了我。我不再相信以前的生活。

诺曼这个邋里邋遢的老叛徒竟会爱上我妈，真是天下奇闻。我基本赞成他的观点（就像我妈曾经做的那样），过了那么长时间，虽然他们也无法改变这个世界，但诺曼的字典里没有失败这个词。

遇见诺曼时，乔赛特还是年轻姑娘，这个小丫头眼神清亮，是具备反叛精神的鸽派人士。一想起乔赛特我就心有戚戚。她热爱冥想，热爱那尊长着大象脑袋、可以保佑信众，助其渡过难关的印度神祇。我竟会为了区区四美元伤透她的心？乔赛特可待我不薄。

那天晚上，我又醉得一塌糊涂，人生好像已经到了穷途末路。第二天醒来，我从那二十法郎里拿出一部分买了瓶酒，让自己清醒清醒。我还有工作，不是吗？有些老主顾和我很熟，听到喜欢的旋律会点头称赞。今天的曲目是《睡衣游戏》，欢快中略带羞涩。突然，一个长得很像莉莉安的女人出现在地铁站。法国不缺打扮精致的女人，但她身上的红外套很像我买给莉莉安的那件。没错，就是莉莉安。她的黑发更长了，嘴上涂着亮色唇彩，脖子上戴着粉色羊毛围巾，一副百万富翁的做派。她很擅长装腔作势。我害怕她看到我这副模样，穷困潦倒的流浪汉，把帽子放在脚边接受别人的施舍，但我没停下来，继续若无其事地演奏着，她肯定认出我了。

莉莉安慢慢挪到柱子后面。她很冷静，但依然有种偷偷摸摸的感觉。我一点都不羡慕她，我知道她还在那儿，脚下踩着高跟鞋，躲在柱子后头严阵以待。她害怕我喊她的名字？害怕我对她怒吼，历数她的种种罪状？事实上，我一直在想象两人重逢的场景，我会用轻浮的语气和她打招呼，顺便揶揄两句。你看起来还不错嘛，莉莉安。可惜，这天果真到来了，而我却什么都说不出口。

看见她上车离开，我总算松了口气。请快点消失吧。回想当时的情景，我简直觉得不可思议。女朋友抢了我的钱不告而别，地铁站偶然相遇，羞于见人的居然是我。想到昔日曾与我同床共枕，莉莉安肯定会颤抖不已。

单簧管的声音越来越难听，呼哧带喘的，我不得不停下来。今天到此为止。莉莉安一定会与朋友分享今天的见闻——告诉伊薇特和让·皮埃尔我有多惨不忍睹。我还要当多长时间的乞丐？莉莉安要偷看我到几时？我经常把这个段子讲给戒酒会的同伴们听，一讲就是许多年。在那之前，我曾坐地铁去美国教堂打听嗜酒者互诫协会的事，以便按时参加他们的活动。

戒酒成功后，我又在巴黎待了很长时间。这段时间没怎么交酒肉朋友，少了损友的蛊惑，戒酒便容易许多。法语说得稍微流利一些后，我开始在允许雇佣外国人的地方打零工。比如喧闹的汉堡连锁店，那里全是美国人和英国人，除此之外，我还给那些焦虑的法国人辅导英语。

我搬出了杜布瓦旅馆，咖啡店的妓女们纷纷放下手中的咖啡与我道别："再见了，祝你旅途愉快，小甜点。"退房前，我把欠尼尔斯的钱一次性还清了，这令他大吃一惊。

在嗜酒者互诫协会上，我谈了许多莉莉安的事。做什么是她的自由，但我希望她能心怀悔意。我就像是被莉莉安放在当铺的物品，她在地铁站看到我时的尴尬就像某人路过当铺橱窗时看到一件既昂贵又熟悉的待卖物，那种感觉可怕至极。

同伴们大多有出入当铺的经历，有的当了喇叭，有的当了婚戒。有的连假牙和婴儿床都当了！你当了什么？价值几何？我的罪过是拖欠了前妻的赡养费，之前我从未想到这点。我给梅兰妮写了道歉信，她没回复。我还给父母写信，又给乔赛特寄去二十法郎，弥补我的偷窃行为。这些事我要一件一件去完成。

不久，我被提拔为汉堡店经理，由于我的表现太过出色，后来又受人委托，开始经营一家专为留学生提供住宿的廉租屋。我喜欢那份工作。女孩子们认为我很幽默，之后我又有过几段恋情，那时候，老板不会因为这些事开除员工。最后，我爱上了杰杰，她来自纽约，在法国学习人类学，是个说话语速很快的女孩，她让我和她一起搬回美国居住。

离开法国前，诺曼对我说的临别赠言是“愿你的下一段人生可以自由自在”，后来我才发现这句话出自他那本臭名昭著的回忆录的最后一行。纽约的生活让我倍感新奇，周围全是说英语的人，之前在法国，我好像处于隐身状态，直到现在才完全将自己暴露出来。我的梦想是开家爵士乐俱乐部，现在这家也不错，我负责票务工作，有机会听一流乐手演奏——那是给予我生命活力的源泉——但对戒酒者而言，这并不是好地方。第一个月，我就恶习复发，开始狂饮滥饮，杰杰年纪尚轻，哪经历过这些事，她怒不可遏，认为我欺骗了她。

这怎么会是欺骗。要不是为了她，我回纽约干什么？无论改邪归正，还是参加互诫协会，杰杰都不会回心转意了。但我知道，倘若愿意，我可以继续留在纽约。后来的两个女友都是在互诫协会上认识的。其中一个还替我找了份咖啡店的工作，那家咖啡店开在连锁汽车旅馆的里面，就在机场旁边。我写信给乔赛特，告诉她白色纸帽子很适合我。

在那段最潦倒的日子里，我开了家廉价旅馆，一个专为伤心人准备的小窝，我很为自己的事业感到骄傲。和别人相比，我更擅长和怪咖打交道。他们大多不是坏人，难对付的只有少数几个。我尽量把旅馆弄温馨些，还在大厅里放了电视。在经营方面，妈妈曾提议说：“劝人向善是要付出成本的。”

开始，爸妈总催促我回棕榈滩。但当他们明白我决定为伤心之人奉献终生（这是他俩的说法）时，也就不再说什么了。现在的我对奢侈品一丁点兴趣也没有。露宿街头的日子反而降低了我对物质的欲望，这的确够奇怪的。

五十岁后，我找到了最喜欢的工作，在皇后区经营一家专门收容非暴力犯罪行将释放人员的廉价旅馆。释放宣言正式颁布前，犯人们先来这里放放风，呼吸点新鲜空气。代理机构给我的工资很低——没人在意我没读完大学——旅馆也小得跟兔子窝似的。我不怕告诉别人我从事何种工作，事实上，正是这份工作让我变成了更好的自己。没人喜欢与落魄潦倒的输家为伍，但我喜欢。圣诞节时，我还会为住客吹奏圣诞颂歌。

父母相继离世，我继承了一大笔遗产。如果能成立一个专门用来扶助新近释放人员的基金会就好了。这个计划也许过于宏大。从某种程度上来说，我同意诺曼——看什么都不顺眼的老家伙——的观点，他经常在信中提及，说自己不相信监狱这东西。我到底在想什么？我当过乞丐，找别人借过钱，也偷过别人的钱，但我对财政预算之类的事情一窍不通，简直是个金融白痴。我不知何时该存钱，何时该花钱——没过多久，这个还未兴办起来的基金会就宣告破产了。

两个姐姐比我有理财天赋，她们经常通过邮件给我发照片。艾伦的儿子又为酒店增加了水疗会所和健身中心；琪琪虽然年纪一大把，但也不妨碍她开着顶级梅赛德斯到处招摇，就连头发也染成了搞笑的草莓金。让她们尽情挥霍吧，这样才是真正的自由。我无意批判任何人。作为圣诞礼物，姐姐们还寄给我两本书，《资金运转完全手册》和《走向辉煌之道》。她们觉得我很可怜，退休后只能屈居在皇后区的小公寓里，但事实上，我心里高兴得很。从广播里听说（之后才听姐姐提起）棕榈滩的商人们，包括两位姐姐，纷纷被卷入庞氏骗局，我同样吓得心惊胆战。对这些商人来说，骗子的承诺无疑是巨大的诱惑，他们乐意结识他（姐姐们经常提他的名字），希望他的钱快快落入自己的口袋。骗子理解商人的迫切心情，知道他们必将心甘情愿跳入自己编织的罗网中。毕竟，有谁不爱钱呢？我虽然欲望不高，但也没到不爱钱的程度。我也可能成为他的客户，那么世上就又多了一个傻瓜。姐姐们不爱听这种话。哦，安东尼。她们从未想过自己会成为傻瓜，但如今，她们却在当众冒傻气。“就像被拔了毛的鸡。”艾伦说。一个赚了六百亿美元的人怎么会凭空消失呢？“简直和噩梦一样。我不明白。你明白吗？”琪琪说。“没关系，没关系。”我说（可惜她们听不进去）。

两难之境

爸爸在坐牢，妈妈带我们去看他。那是爸爸第一次入狱，我九岁，妹妹六岁。妈妈的朋友们认为小孩子不该去监狱那种地方。“她们有义务知道。”妈妈说，“她们已经长大了。乔有见女儿的权利。我为何要阻止他？”

爸爸被关在康涅狄格州的丹伯里，妈妈说和其他地方相比，那里的条件要好很多。爸爸触犯了法律。我知道什么是法律。爸爸反对战争，他和别人一样憎恨希特勒和日本天皇，他反对政府发动的一切战争。爸爸就爱和政府对着干，他是无政府主义者。看着身边的朋友陆续成为医疗兵或服役于特种部队，爸爸照旧我行我素，甚至当战争打响后，他都不肯在征兵令上签字。我知道什么是征兵令，妹妹不知道。

为了这两个小时的大巴之旅，妈妈特意让我们穿上百褶裙和玛丽珍鞋，好像我们要从曼哈顿出发去拜访亲戚似的，没错，我们就是去串亲戚的。当然，爸爸的狼狈相还是让我们大吃一惊。他穿着本不属于他的棕色衣服，嘴巴抿得紧紧的。刚看到爸爸，妹妹芭芭拉就尖叫起来。“让她闭嘴，否则赶她出去。我只说一遍。”监狱看守呵斥道。爸爸的身体抽动了一下，脸上写满了屈辱，我从未见过他这副表情。我在妹妹的唇边做了个拉拉锁的动作，强迫她安静下来。“嗨，小布丁们。”爸爸对我们说。这个房间是专门用来探视犯人的，屋内摆着几张木头椅子，除了我们，还有其他犯人家属在场。妈妈让我俩谈谈学校的事——芭芭拉已经学完了大写字母，我得了拼字比赛的第二名，第一名是马克西·菲弗，她经常自诩为天下第一。“第二名挺好的。”爸爸说。

我们不能带蜡笔、铅笔或玩具进房间，每次妈妈和爸爸谈大人们的事情，她就让我带妹妹去角落里坐着，给她讲故事，哄她开心。“你能做到的，露易丝。”妈妈说。我俩坐在坑坑洼洼的油布上，开始讲蓝精灵的故事。这完全是我胡编乱造的。芭芭拉还装出很爱听的样子。

“一定要乖哟，小猫咪们。”离开前，爸爸对我们说。

乘大巴回家的路上，妈妈为我们准备了特别奖赏——塞满奶油干酪的芹菜，火腿三明治配开胃小菜，切成正方形、里面有枣子和坚果的自制布朗宁，以及热热的柠檬水。我俩激动万分，好像出行的意义就是为了享受这顿回程大餐。

从此，我们开始期盼这趟美食之旅，食物不是朋友送的就是妈妈熬夜烤制的。每个月我们有一小时的探视时间，也可分作两次，每次半小时。探监也有可怕的一面——妈妈必须站到帘子后面等待搜身；有个罪犯长得像猎豹；还有一次，我们迟到了四分钟，看守死活不让我们进去，硬把我们赶回家。这样倒好，反正大多数时候，我们也想快点离开。探监时，爸爸很少说话——不吵吵闹闹地和我们做游戏，也不胳肢我们——但他会取笑我们长了双大脚丫，或夸我们比拉娜·特纳还漂亮；他的声音没变，依旧很动听。

在学校，我和同学的关系很糟。大批美国人死于敌军的炮火之下，谁的兄弟战死沙场，谁的父亲不幸牺牲，对此，爸爸根本不屑一顾。我整天都能听到关于他的新闻。“他是我爸爸。”我说。马克西·菲弗怂恿另一个女孩朝我的肚子打了一拳。爸妈从小教育我不能打架，我用手捂住肚子，试图保护自己，却惹得同学们哈哈大笑。老师制止了我们，把那个女孩关了禁闭（马克西逃走了），但对我而言，学校从不是安全之地。芭芭拉的日子也不好过，还有人冲她扔狗屎呢。

甚至连我的好朋友露西也不让我去她家玩。“你爸爸想让希特勒杀死我们吗？你知道我们是犹太人。”她说。

“我知道。”我说，“咱俩认识时，你都五岁了。”

露西的父母也不让她进我家，但我们是大孩子，可以自己去华盛顿广场玩。我们继续玩牛仔骑马的游戏，这个游戏我们已经玩了很多年了。我们最喜欢喷泉前面的草地，不管什么天气，哪怕冷得要戴耳罩，我们也会相约去那里玩耍。

日子越来越难过。一年后，爸爸刑满释放，妹妹整天缠着他，爸爸一坐下，她就要坐在爸爸大腿上，而我，则经常为他俩跳踢踏舞。除此之外，我还软磨硬泡，逼爸爸给我唱《舞到法布罗》。为庆祝他回家，我们特意举办了盛大的派对，手摇留声机上播放着动听的旋律，妈妈也笑得十分开心。她还在为布鲁克林的商场设计广告图样，爸爸则待在家看书，他看的书可不少。至于后面的事，我实在无法理解。政府再次命爸爸参军——他不是已经表态了吗？他还要重复一遍，告诉他们自己拒绝上战场。六个月后，爸爸又被抓去坐牢了。

妹妹芭芭拉是淘气鬼，所以我必须做乖乖女。她总是又哭又闹，我才不理会她那副蠢样子呢。我行事小心翼翼，做什么都尽量合乎规矩，榜样的力量是巨大的——没过多久，芭芭拉开始模仿我，性格也变得沉静多了。妈妈的探监次数越来越频繁，她大都自己去，不把我俩带在身边。就在爸爸坐牢的第二年，他参加了罢工，他反对种族隔离政策，看不惯黑人同胞们只能单独进餐（爸爸告诉看守他拒绝做工），罢工持续了好几个月，连我们去探监的权利都被剥夺了。

战争结束后，爸爸被释放。那时的我还处于青少年阶段。进牢房前，爸爸性格相当开朗，每天都有说不完的话；但出狱后，他整天郁郁寡欢，一句话也不说，都快变成幽灵了。日子一周周过去，爸爸慢慢找回了原来的自己，他又活蹦乱跳了，经常找我们聊天，连声音都洪亮了许多。但有时，他也霸道得要命，比如检查我们是否铺好了床，或者等妈妈坐好才能正式开饭。他之前可不这样。我们有点怕他。

我发现自己开始对男孩动心思了，这就是所谓的春心萌动吧。高中的同学们依然知道我爸爸拒绝上战场，但有些男孩认为这并非我的错。他们喜欢我，我也喜欢他们，异性对我有好感，这无法不令我动容，虽然从小到大，父母一直教导我要做个严肃认真的人。

放学后，男生们要么拿我打趣，要么趁我坐地铁时故意倚在我身上，这些都是小打小闹，直到他的出现，我的生活才被彻底改变。那是一次关于校报内容的争论，在是否有必要针对舞会礼仪的现行内容进行补充这个问题上，编辑们吵得不可开交。这个男生和我是一派的（反对补充）。他酷爱思考，极擅长讽刺，这点尤其吸引我。讨论会结束后（反对方失败了），我们在路上自导自演了一出荒诞剧：一个蠢蛋用女式胸花刺伤了一个女生。我捂住胸膛，故意站在交通灯下，让大家看清我的伤口。他半搀扶半抱着我走过马路，装出焦急的样子。那通胡闹真是有趣极了。

他叫泰德·菲弗。是马克西·菲弗的哥哥！命运就是这么不可思议，更劲爆的还在后头：就在战争即将结束的那年，他们的父亲牺牲在了战场上。“我认识你妹妹。”我说。

“她是个让人头疼的家伙。”泰德说。

那是第三次约会，我们在电影院拥抱着接吻，我无法抵挡他的攻势。电影结束后，我们面红耳赤地走出影院，脑袋晕乎乎的，快乐到不能自已。在回家的路上，泰德告诉我因为我爸爸的原因，他还不想和我约会。

“但你不是他。对吗？”泰德说。

“不，我不是。我们完全不一样。”我脱口而出，没有一丝犹疑。我不反抗，不解释，更没为家人辩护。

我必须把泰德留在身边，不能让他改变主意，也许我还算幸运，因为他没问更糟糕的问题。我知道，从此刻开始，我将过上完全不同的生活。妈妈躺在沙发上睡着了，她本想坐在那儿等我回家的。这公寓太简陋了。回到和妹妹共同居住的卧室后，芭芭拉被我进门的声音弄醒了，我赶忙命令她安静下来：“别那样瞅着我，我讨厌你这副样子。”

很长一段时间，我都处于“思想分裂”的状态。和爸妈在一起时，我是彻头彻尾的反战分子。数百万人齐刷刷地奔赴战场，唯一的目标是尽可能地互相残杀，这究竟意义何在？这种暴行居然能得到政府允许。一群失去理智的疯子，无比丑恶的家伙。父亲是明智的，我为他感到骄傲。但另一方面，我们也看到过欧洲集中营的照片。士兵一旦被俘，就会遭受非人的折磨，过着生不如死的日子。倘若我们打输了，世界将会怎样？可以用和平的手段阻止这些坏事做尽的恶魔吗？思想分裂也没什么不好——和朋友聊天变得更容易（尤其是露西），而且同时持两种观点还显得我思想深邃。这难道不是高智商的表现吗？

“持两种观点也不赖。”妈妈说，“如果你必须发表观点的话，我只是说如果。”

妈妈总喜欢把简单的事情弄复杂。与此同时，我和泰德好到了如胶似漆的地步。我们在校报讨论会上开怀大笑，骂学校里的人都是傻瓜，争论托尔斯泰和陀思妥耶夫斯基谁优谁劣（我说“托尔斯泰更完美”），我俩一致认为威廉·迪恩·豪厄尔斯是个无聊的家伙。课间休息时，泰德陪我在校园里散步，这说明他非常在乎我。与泰德肩并肩地在走廊里漫步，这才是真正的生活，能拥有这一刻，我何其有幸。甚至连马克西也对我友善多了。

有一次，我向泰德抱怨，五月的天气怎么突然如此闷热。“爸爸喜欢热天。”他说。我不认为泰德还会将他父亲的死怪到我头上，但现在，我却开始嫉妒他，因为他比我更了解死亡。

“那你也应该喜欢热天。”我说，“为了纪念你父亲。”

泰德点点头，我愿意给他缅怀过去的空间，泰德喜欢我这样做。

我们经常搂着脖子接吻，不会发展到——他也没要求——上床的地步，我们在边缘徘徊，把所有可行的方式都尝了个遍，我们擅长这样做，也享受着其中的快感。放慢脚步，保持耐心，尽可能做到细水长流。如此纯真、甜蜜的欲望，令人惊颤，使人陶醉其中。

泰德大我两岁，目送他进大学并不是什么好事，但我还是送他一本托尔斯泰的精装版《复活》作为毕业礼物。“希望我有时间读。”他竟说这种话来感谢我，我的担忧更强烈了。泰德被城市学院录取，这所学校离我的高中很近，坐地铁只有一站，但他仍然有可能把我甩了。

我的预感果然很准。泰德在西方文化课上邂逅了几位女生，并和她们约会，后来，他爱上了一位在图书馆工作的金发女孩，泰德决定和我分手，而我也恢复了自由身，今后可以随意和别人约会。最后一次见面，他表情严肃且伤感，根本不想开口。“谢谢你肯给我自由。”我说。多么无力的讽刺，我真是没用。

我还能做什么？我想把泰德夺回来，即便使用肮脏的手段也在所不惜。我有自尊，也有家教，但我还是利用了马克西。当然，不是偷偷摸摸的勾当，只是逼迫她给泰德的女朋友起些难听的外号（比如青蛙眼、娇气小姐等）。只要那个臭女人去泰德家玩，我就怂恿马克西模仿她的一举一动。据马克西回忆，那女孩说过“我喜欢罐炖肉”。无论那女孩喜欢什么，几周后马克西都会照样模仿出来。

对感情，我是最忠贞的那个。如果半路碰到泰德（马克西会帮我制造机会），我会友好、冷静、直截了当地和他打招呼：“见到你真高兴，泰德。你还好吧？”我一定会忠于内心的情感。这段非常炙热的情感。

妈妈完全不理解我的做法：“欺骗能给你什么好处？”

“这不是欺骗。在爱情和战争面前，忠诚才是最重要的。”

“哦，露易丝，你知道自己在说什么吗？你真的知道吗？”

接下来的两年里，我因少了泰德的陪伴而愤怒不已，又为将来感到惶恐不安。我很清楚自己想要什么，清楚得不得了。我不确定自己是否能胜出。无数的日日夜夜，我会沉浸在幻想的狂喜中，难道终究是竹篮打水一场空吗？无忧无虑的露西反倒嫉妒我受了情伤，也许在她看来，爱过总比没爱过强，但我不这样认为。我可没想过找备胎。“你可以找艾伦·布洛迪，他比较喜欢你。”露西说。“不要！谢谢你的好意。”我斩钉截铁地拒绝了。爱情没有折中，也没有妥协。我知道我的选择。我必须去承受。从小到大，我都是一条路走到黑的。

高三那年，我放学后开始在学校附近的一家烘焙店里打工，店铺名叫普利茅斯太太的家，一个布置得很温馨的地方，那里有巨大的椰子蛋糕，还有铺满软糖的蛋糕坯。直到战争结束的那年，糖和奶油仍是限量供应，人们对此记忆犹新，大家非常喜欢店里的蛋糕，它们外表靓丽，很有派对的氛围。我的工资悉数用来贴补家用，爸爸也在印刷店找了份工作，但仍无法摆脱频频欠债的局面。

我告诉妈妈高中毕业后我可以去当文员，这样工资更多。和我一样聪明的女生大都选择文员的工作，而且我希望可以尽快结婚（这点我没说）。虽然父母都没上过大学，但爸爸对我寄予厚望，想让我拿学士学位。我们不想违逆他，让他的心再次滴血。妈妈认为我应该去亨特学院（女校），而非城市学院，她知道一旦选择后者，我会碰到谁。

但我还是在烘焙店碰到他了。泰德装作很吃惊的样子。“嗨！你还好吗？”他说。

“好到不能再好了。”我说，“这是我度过的最愉快的时光。我准备去夏威夷，帮码头工人开展大罢工。”

“夏威夷！你要怎么去？”

“总会有办法的。我有朋友帮忙。”

“什么朋友？”

“哦，你知道。我在学校过得还不错。”

父母从小教育我说真话，我知道自己不擅长撒谎，所以只能尽可能少说话，以免露馅：“当我没说过。好吗？求你了。”

“你是指夏威夷的事？”他说。

“就当我没提过。”我尽可能摆出一副既阳光又甜美可爱的表情，“你过得还好吧？”最后，我以等人为借口匆匆离开了。

我没使任何阴谋诡计，真的没有，但我也明白悲哀和恳求不会唤起他对我的兴趣。当晚，泰德给我打电话，试图盘问我刚才去见了谁。我装作被他说服，放弃了去夏威夷的计划，而这成了我们重修旧好的开端。

成功挽回泰德的心，世界上还有比这更让人骄傲、更光辉的胜利吗？我被兴奋冲昏了头脑，整天缠着妹妹，念叨关于爱情与生命的陈词滥调。“本该属于你的，早晚会回到你身边”“知道就是知道，这是事实，谁也改变不了”……泰德的妈妈并不喜欢我，她认为我父母是布尔什维克，我向她解释了无数次，爸妈是无政府主义者，不是马克思主义者——他们的标志是黑旗，不是红旗！——最近，他们主要负责协助工会完成纠察任务，这完全合理合法。我也参与过他们的活动（经常以家庭为单位出席），但我从不大声喊口号。“那只是宣传语而已！”我说。

“你有信仰吗？”妈妈说。

我只想过普通人的生活。舒舒服服地待在自己的世界里。这个梦想当真如此遥不可及吗？为什么我做不到？

“我信仰人。”

“你在说什么呢？你以为人生可以没有信仰，但事实并非如此。”

我上了一年半大学就和泰德结婚了。这既是他的主意，也是我的——他约会约怕了，那些女孩要么动辄惊声尖叫，行动坐卧让人倒足胃口，要么肤浅愚蠢，无知到难以想象的程度。至少我比她们强多了。订婚后，我们开始疯狂做爱，但内心仍保持着对彼此的尊重。事后，他用炙热的目光看着我，双眸深陷眼窝之中，少了眼镜的衬托，他的面容更显柔和，但稍微有点浮肿，这才是未加修饰的脸庞。我有点晕眩，在他面前，我鲜少有清醒的时候，即便当时我俩什么都还没做过。

爸妈反对我嫁给泰德——“你把自己卖给了第一个出价的人。”妈妈竟这样挖苦我，简直出乎我意料——但他们依然为我筹备了像样（谈不上梦幻）的婚礼，包括粉色康乃馨和从烘焙店买来的蛋糕。大家挤在客厅，婚礼由一位一神论派牧师主持，大家都不怎么喜欢他。礼服是我自己按图样缝制的，扇形领子配打裥裙，衣服料子是纯白色点子花薄纱。我穿效果还挺不错。

泰德提前一学期拿到了学士学位，城市里的冬天只能用严寒来形容。我们搬到了下东区的一栋出租屋里，暖气完全不给力，我只好竭尽所能让它维持运转。泰德找到了新工作，在某所高中当英语老师，报酬足以支付房租。经济问题解决了，房子也算不错，我十分满意现在的生活。

我用粗纺线为新家缝制了窗帘，漂亮的波浪花纹衬着奶油黄的底色。可惜，家里人竟没捧场的。“看得出来，你花费了许多心血。”妈妈说，语气并不怎么友好。

“你们要和平，要更好的待遇，你们果真是为了千千万万个家庭的幸福着想吗？”

“我们为自由而战。”妹妹说，“不是为玉米片。”

他们不知道，我的幸福是装出来骗人的。

泰德是学校里的“永久性替补队员”，每天赶往布鲁克林区最偏远的地带，给九、十年级的学生上五节英语课——哦，上帝，五节——他的授课风格应该颇为幽默。平日课堂中的点点滴滴都会成为我俩的笑料，比如学生对《织工马南》的错误解读以及作文里的荒唐句子。如果校长做出不合理的规定，我也会陪着泰德一起发火。在这一次次的心灵碰撞中，我们共同分享美食，利用甜点时间探讨文学，比如我为何觉得赛珍珠不算好作家，或者托尔斯泰如何深入探究各色人物的内心世界。我每天都有充裕的时间阅读。

性生活也很和谐。白天轻松搞定诸项事务，晚上纵欲狂欢，再加上丈夫的体贴关怀，让我觉得这间没有电梯、管道里时不时传来叮当声响、墙壁倾斜的五层陋室，就是生活的根本——我知道什么才是必需品。想要的我都已拥有。像我这么幸运的人世上能有几个？

甚至连夏天，我也不觉得难熬。小屋里通风不畅，热得像蒸笼，我和泰德索性搬到消防通道去睡。他暑期在学校打工，好赚更多的钱，而我则去位于卡迈恩大街的公共泳池游泳，那里距我之前住的地方很近。夏天一到，那里就跟下饺子似的，我甚至觉得自己是在地铁里游泳。我还碰到过露西和其他高中同窗。和她们相比，我更成熟，更冷静，生活也更自在。我会穿着泳衣躺在浴巾上，我知道，我已经不是未出阁的少女了。

暑期学校里都是考试不合格的差生，泰德负责七年级的管理工作（他甚至连教师证都没有），这么大的孩子个个都是鬼见愁，调皮捣蛋，完全不服管教。无论泰德如何引导，都无法让他们对奥利佛·温德尔·赫尔姆斯的诗感兴趣，也无法让他们明白主谓一致的重要性。小家伙们除了聊天、吃糖、传纸条，就是为了某些谁都搞不清楚的事咯咯偷笑。

晚上回家，泰德跟我说他制订了一项“优势计划”。凡举报他人在课堂上吃东西、传纸条者可额外增加百分之十的分数。

“你在训练他们打小报告？”

“我让他们对我忠诚。”

“十足的法西斯主义。”我说。泰德听后大笑。

我们家最鄙视打小报告的人。爸爸之所以能在监狱里活下来，靠的就是和狱友同仇敌忾，拒绝贿赂、拉拢看守、以防被当作间谍。后来，又有好多朋友宁愿自己坐牢（不是只关几个月就出来），也不肯出卖那些所谓的共产主义先锋。

“你在贿赂他们，让他们互相出卖，然后在分数上造假？”

“你根本不懂怎么管理学生。你不懂，对吧？”泰德说。

第二天，泰德回家来说：“哈哈！果然奏效了。”他抓了三个上课偷吃可可软糖的男生。泰德将他们仨扭送到校长办公室，而里基，那个举报同学的男孩则满脸得意，足足兴奋了一整天。

谁知转天，先前遭受惩罚的三个男生偷了里基的鞋，撕破了他的衣服，还声称在他的课桌里发现吃剩下一半的银河奶糖。“这就是证据！你说过，我们必须找到证据！”

泰德把四个哭闹反抗的小家伙一起带到校长室。放学后，校长亲自找到泰德，质问他为何总是麻烦一大堆。

“……哦。”我说。

“看来得重新制订惩罚措施了。”

我发现自己当真不了解泰德，我甚至觉得自己简直蠢到家了。面对失败，他竟是这般窘相，我从没见过他这副样子。他再也管不住学生了，我敢肯定。

泰德开始以扣分的方式惩罚学生，整个夏天，他都在纠结谁分多，谁分少，各种细碎琐事，净是些毫无意义的争斗。泰德经常跟我解释，说自己取得了多少进步，但我从来听不懂他在说什么。虚张声势，白费工夫，我真心替他感到悲哀。他这是在糊弄谁呢？

我越来越觉得自己可怜。我什么都不能做，天天在家里干等着给泰德热饭，然后听他说一堆废话。我图什么呀？我必须相信泰德，否则生活就会停摆。眼前的一切都荒谬得要命，甚至连自己亲手缝制的窗帘也瞧不顺眼。

我到底把自己当成谁？这是性格缺陷，每次和别人抱怨我丈夫，对方准这么说。这只是漫长曲折婚姻路上的一个小障碍而已。妈妈大概猜到了（我不希望她猜到），从她看我的眼神就能推测出来，不仅如此，她还饱含同情地拍拍我的手。我告诉妈妈我没怀孕，这也许是她最担心的事。

性生活仍在持续，我并不讨厌和他上床。只是如今，做爱更像一个人的狂欢，连叫床都是叫给我自己听的。我成了彻头彻尾的骗子，既可怕又自私。泰德对此一知半解，他也只能知道这么多。有些女人就是如此，被丈夫殴打、欺骗，甚至公开羞辱后，她们仍旧爱对方爱得死去活来。除去自己是个不称职的新手老师外，泰德并不觉得他还做错了什么。我全都明白，我这样告诉自己。

暑期课程结束后，泰德迎来了一段假期，那是八月最炎热的几天。他身穿汗衫，把厨房里的椅子拽到消防通道，坐在那里看书。他难道不想去海滩或者去市中心逛逛中央公园？这家伙什么都不想干。“外出有什么意义吗？”泰德说。他整天都在读报纸，要么就读写给蠢蛋们的杂志。“去和朋友们游泳吧，我一个人待着挺好。”他说。

泳池定期维修时，我就和泰德一起坐在消防通道看书，两个人基本不说话。他也不喜欢听厨房的收音机。没有柴可夫斯基，也没有法兹·多米诺。“暑期学校的工作很累吧？”我说。

“你有什么意见？”

我和他提过我的愤怒，我的委屈，我的挫败感。他知道。

父母教育我，只有真相才能解放心灵，但放他身上不管用。

泰德无法承担真相的重量。他弓着汗淋淋的身子，看报纸看得正起劲儿。几小时过去了，泰德连头都没抬。到底是谁让他如此痛苦？我想照这人的鼻子打一拳。

“你和爸爸在公园钓过鱼吗？”我说，“不想去湖边走走？”

“我打赌你爸爸从来不钓鱼，他连小鲦鱼都不忍杀害。”

“无政府主义者曾经很凶残，我是说有的人很凶残。爸爸属于改良派。”

“那你何不跟他结婚呢？”

我倒吸一口凉气，睁大眼睛瞪着他。“真好笑。”我说。

“你把他当英雄。”泰德说，“但他眼睁睁地看着我爸去送死，根本无动于衷。”

泰德的爸爸死于安齐奥，我突然对这个男人充满了愤怒——用泰德的话说，他就是个粗俗不堪的花花公子。幸好我没出言诋毁他爸爸，否则我很可能说出上面这番话。二战已经过去了十年，另一场不可思议的战争再次降临——那年夏天，朝鲜战争刚刚结束——泰德怎么突然提起这个话题？

“你到底想让我怎么做？”我说。

“承认他是个失败者。”

“谁？”

“你爸爸。”

“他怎么失败了？”我说。

“永远一事无成。”

“比如？”

“他靠坐牢阻止战争爆发了吗？他推翻政府了吗？”

“不是那样的。”我说。

“他就是这样，到处臭显摆。”泰德说。

“不是的。”

“你整天活在封闭的小天地里，自认为很了解这个世界，但其实只是痴人说梦罢了。”

“你觉得自己在跟谁说话？”

“装纯女王呗。”

我转身走进屋内，不想再看见他，过了一会儿，我又跑出房门，下五层台阶来到大街上。我能逃多远？马路上到处弥漫着腐烂垃圾和煤灰的气味，夏天就是如此。空气又闷又热，小区里安静极了，犹太商店周六都关着门，人行道上，来自波多黎各的孩子们正在追逐玩耍，大喊大叫着互相挑衅。和泰德结婚是我犯的最严重的错误，这再明显不过了。现在我要怎么做？我漫无目的地向东走着，两旁街区的墙砖都已褪色，我一直走到路的尽头，河岸被枯草所覆盖，玫瑰色的河水闪烁着微光，水汽慢慢飘升，给人以海市蜃楼般的错觉。我费了好大劲儿才把泰德留在身边，他的缺点全都有迹可循，但我压根没往心里去；我本可以提高警惕，可惜我从没上过心，那时的我只知道爱情。

离开泰德，我要如何生活？回烘焙店工作？波士顿奶油派、花生黄油饼干，我竟会坐在马路牙子上幻想着五彩斑斓的甜点，那些舒心、愚蠢的美梦，真是让人心生迷茫，甚至惊诧。直到灯火渐暗，我才怀着恐惧向家走去。

泰德脸朝下趴在床上。听到我进门，他转身说道：“你想走就走吧。回你父母那儿去。那样最简单。”

他的话好有道理，嘶哑的声音中尽是绝望。

自由正在向我招手，愿意的话，我可以立刻扑将过去。但我还是哭了，像婴儿一样号啕大哭，我要将内心的痛苦全部喊出来。“别让我离开。”我哽咽地说，声音悲戚到了极点。我最终还是妥协了，眼泪汪汪地说自己有多爱他，说我们是天生一对，他知道这点，难道不是吗？——我确定他知道。情话像长了翅膀，直接从我嘴里飞出去，好像一切都是确信无疑的。我难道在撒谎？说这些话时，我必须让自己相信，必须尽可能表现出虔诚的一面。问题是我当真相信吗？答案既是肯定也是否定。

泰德被我哄得很开心。看到我一把鼻涕一把泪的，他终于心软了。他的目光不再坚毅，不再死气沉沉。昔日的睿智光芒又回来了。我拯救了这段濒于毁灭的婚姻。我们会安然无恙，一定会的。经此一役，我和泰德都松了口气。

经过上次的争吵，我和泰德的性生活反而更和谐了，我们是打过架的同志，而非不共戴天的仇敌。我们毫无顾忌到把最真实的一面暴露给对方。我们仅需脱掉衣服，扔掉天真，更大胆地做回自己。我们知道得更多，走得更远。这意外而来的收获让我们大感震惊，不禁哑然失笑。

九月开学后，泰德要多负责一个班——他还能再忙点吗？——我为他鸣不平，他自己倒高兴得很。泰德要出席晚间举行的教师见面会，我决定配合他工作，乖乖去当听众。太太们团坐在由木头和油布搭成的大礼堂里，周围全是学生家长，我们的丈夫正在努力向他们传达所谓的育人目标。泰德说他希望让学生感受到英语的力量。一位姓斯洛恩的先生（他太太就坐在我旁边）说，他相信几何学可以提升人的思想。“他们必须说点什么。”斯洛恩太太小声嘀咕着。

“或采纳第五修正案。”我说。一位拉丁语老师被问到教师工会是否有共产党员时，他谈到有必要采纳第五修正案，结果被校方开除了，我突然意识到这并非我讲过的最高明的笑话，至少我不觉得可乐，但斯洛恩太太却满面笑容。

“最起码他们不会把坏学生锁进柜橱里。”她低声说，“我小时候，老师经常这样干。”

“有的学生的确得好好教训教训。”

“没错。”斯洛恩太太说。

“我丈夫贿赂学生，让他们互相揭发。”我说，“打小报告还有奖励。”

“是吗？”斯洛恩太太说。

有人示意我们别说话，我不禁打了个寒战——我的确该保持沉默。随时随地就散发心中的怨气，我竟会变成这种人？就算泰德收买九年级的学生，让他们互相告状，这与我又有何干系？希望斯洛恩太太忘记我的话，她也没必要记住，散会后，大家排队进入体育馆，享用潘趣酒和饼干。“你真棒。”我对泰德说。

“哪儿棒了，真是的。”他说。

但我知道我在干什么。抓住时机，主动揭露丈夫的恶行，就像我刚才做的那样。诋毁他就是那么容易。每天都有人因拒绝打小报告而遭遇麻烦——他们被开除，被捕，甚至被列入反动黑名单，即便如此，他们依旧三缄其口，坚守底线和原则。而我呢？竟然主动给枕边人泼脏水，将他推入险境。

后来我才发现，斯洛恩太太是副校长，这可不是什么好消息。泰德只和学校签了一年合同，倘若被解雇，还有哪所学校愿意收留他？认识泰德前，我完全不是这样的人。天知道下次我会说出什么来？看看，这就是爱情对我的摧残。

晚上，一场完美的云雨过后，泰德已沉沉睡去，而我却一直醒着。我本不善于撒谎的，但如今，谎话越说越溜，这不能不让我心生恐惧。即便和泰德赤裸相见，心里仍少不了遮掩和算计。昔日的真诚相待已然消失，现在的我只会为了生存而利诱、蒙骗别人。这一切究竟是如何发生的？肉体关系都是肮脏不堪的，就好像可以拿此事开玩笑一样。

倘若你仔细观察，你会发现婚姻中少不了堕落与妥协。也许有的人容忍度高，但事实就是如此。我必须有所觉悟。关于此事，我不想弄得尽人皆知。真是糟糕的夜晚。耳边传来泰德沉稳的呼吸声，卡车也轰隆隆直响。一旦看待事物的角度发生改变，人也会随之改变，这既是书本上的观点，也是爸妈奉行的准则。但我是不会变的，绝不会。

春天，泰德收到消息，合同不再续签。学校没说具体原因——只说会有另一位老师来接替他的工作——许多人把罪过推到我身上，说我爸妈是共产党，这纯粹是子虚乌有。还有人说副校长尤其不喜欢泰德。我不敢告诉别人我心里有多不安，通知泰德这个消息时，我连说话都哆哆嗦嗦的——而泰德却毫不在意，这颇令我惊讶。“我们不需要吃饭，吃饭有什么好的？”他用反讽的语气兴奋地说着，“我喜欢可以塑造人性格的工作。今日剥削到底，明日开除处理（泰德最喜欢这句话）。”

我对泰德的了解竟如此贫乏。他自作聪明，固执得要死，是充满激情的勇士，这和我想象中完全不同。相比之下，我却是满怀恶意、心胸狭窄、小肚鸡肠的危险分子。是我亲手抹杀了生活里的体面与真诚。我在泰德面前发表长篇大论，说这个时代怎样败坏，高层领导怎样嫉妒泰德那高超的教学能力。“嘿，我们会挺过去的。又不是世界末日。”他安慰我道。我那可怜的、被剥夺了工作的丈夫。

我能做什么呢？帮他在床上追寻自我，尽可能多地关心他，爱他，让他忘掉生活中的不幸。我几乎不让他闲下来，经常表现出欲求不满的样子，我能做的也只有这些。纵欲过度的后果也逐渐显现出来，时不时犯迷糊，身上青一块紫一块，体力明显不支。“你是天底下最好的丈夫。”我低声对泰德说。

“你是我的宝贝。”

“他们根本不了解你。”我说。

“忘记‘他们’。”他说，“这里没别人，只有我和你。”

屋内荧光闪闪，我把一根蜡烛放到了床边。

“爸爸是个失败者。”我说。

“什么？”

“他是失败者。”

“怎么这么说？”

“我想这么说。”

“嘘。冷静下来，好吗？一切都会好起来的。”

工作黄了，泰德还有别的人生乐趣，他可以一动不动，保持绝对安静，持续看好几个钟头的书；也可以就任何话题与我针锋相对，比如托尔斯泰作品的翻译和后停火时代的朝鲜半岛。

我愿意让他赢。去我爸妈家蹭饭时，泰德依然用诙谐幽默的语调强调自己的观点。“今日剥削到底，明日开除处理。”他说（还是老一套）。爸妈被逗得哈哈大笑。他们对泰德有所改观。“你要是我们学校的老师就好了。”妹妹说。爸爸给泰德斟满啤酒，两人开始讨论政治大清洗等社会问题。泰德喜欢爸爸摸他的肩膀，毕竟，他是个缺少父爱的孩子。

但接下来，我们该以何为生？妈妈让我用她办公室里的打字机给泰德写几封求职信寄到其他州，因为新地方没有泰德的雇佣记录。我简直弄得一团糟。六月份，泰德的薪水就停发了。

我告诉泰德自己要去烘焙店打听打听，看他们是否需要人手，他居然没反对，这让我稍感惊讶。结婚后又返回烘焙店工作，这简直是种羞辱——“没想到我们还能见到你”，顾客们说——但我喜欢奶油的味道，喜欢玻璃架上的小桌巾、条格围裙以及看起来很愚蠢的发网。对我而言，烘焙店就是个井然有序、香香甜甜的家。

妈妈说缺钱并非丢脸的事。“正好相反。”芭芭拉故意起哄。我带回家好多碎饼干和湿乎乎的丹麦奶油派以备不时之需。如此一来，我们更觉得自己穷了。

泰德建议我把昨天的蛋糕送给拉米雷兹家，从那以后，他家的孩子就喜欢上我们了。相比之下，我更喜欢这个一无所有的丈夫。贫穷让他蜕变为更好的自己——我在书上读过类似的案例，但从未亲眼见过。泰德告诉马克西："想找人共同度过失业阶段，露易丝是最佳选择。"

但事实上，我曾向露西敞开心扉，告诉她我不确定自己能仅仅凭借爱情就渡过眼前的难关。那天，我约她去我俩最喜欢的那片草坪吃棒冰。"如果我跟他一起流放到西伯利亚怎么办？"我说。泰德已经向坐落在犹他州普洛佛的一所学校递交了求职申请，和纽约比，那里绝对称得上是蛮荒之地。

"倘若泰德落魄了，你会把他甩掉吗？"露西问。我认识的人里还没有这么做的。这种事仅存在于好莱坞电影和垃圾杂志中。

"不，但我对他的爱将大打折扣。我会变得尖酸刻薄，成天愁眉苦脸，说话夹枪带棒。"

"不。你不是这种人。你爱泰德。"露西说。她刚交了男朋友，希望和对方白头偕老，但我这个前车之鉴却让她倍感不安。

我想起了妈妈的话，"把自己卖给第一个出价的人"。她是想警告我，对待爱情不可过于盲目。然而，若连爱情都无法让这个世界运转，那还有什么力量能办到？

一个月后，我开始打点行囊，目的地却不是犹他州，而是日本冲绳。泰德要去空军基地教美国孩子英语。据他说，美国人喜欢冲绳，至今仍有数千名美国人在日本定居。他们的孩子需要泰德的照料。对于这份新工作，妈妈甚为担心。

“在美国军营里生活？”她说，“你真的想过那种日子吗？你根本不想。”

“我要学日语！”我说。据说那里的人鲜少离开基地，但我想做他们中的另类。“我必须和我丈夫在一起。”我告诉妈妈。

“他可以不去日本。”

我想去。我要离开美国，这样才有高人一等的感觉。

“你当初也对爸爸不离不弃。”我说。

“我们情况不同，你不知道吗？”

爸爸没说什么，但很显然，他非常失望。他瞥我一眼，然后就转过头不搭理我了。

我难道是个没原则的人吗？“你知不知道自己要去哪儿？日本曾派飞机轰炸过朝鲜半岛。上帝。”

我和泰德兴奋得很，才不管谁侵略过谁呢。那可是日本！我们讨论了好几个钟头，去日本究竟需要带什么。我们从图书馆找来《菊与刀》和一本关于俳句的书。除此之外，我还查到了寿喜烧的制作方法：把牛肉放入平底锅，和罐装豆芽一起翻炒。“有时，厄运也能变好运。”泰德说。我们都觉得自己要否极泰来了：生活上有人照应，一切都超出我们的想象。这是场大逃亡。即便睡觉，我们也能牵手入眠。

“真没想到你是这种人。”妹妹说。

去日本要从加州登船，所有行李必须提前装箱运走。那儿气候如何？日本和纽约差不多，但冲绳会更暖和。书上说，日本人相信，自己的祖国是唯一能感受到四季的国家，他们为此骄傲不已。我正在收拾书，看看哪些可以送给露西，突然，泰德冲进房间，大喊着："我不相信！"依据校方出示的公文，泰德得到军方允许，可以住在基地，但其家属露易丝·伯克曼·菲弗却被禁止入内。

"你知道这件事吗？"我开始痛哭流涕。

不可能。我究竟读到了什么？

"也许我可以在你工作的烘焙店当一个看门人。"泰德沮丧地说。

天杀的美国政府，我恨他们。爸妈说的没错，他们永远是对的。"你就该自己去。"我说。我讨厌泰德答应得如此爽快，如此向往日本："你就该假装自己是军人，独自去日本教书。"

泰德猛地把我搂在怀里："你真是太让我惊讶了。"酷暑当头，浸满汗水的皮肤黏糊糊的，他身上的气味既刺鼻，又那么熟悉。

泰德已经做好独自赴日的准备，而我也成了他眼中的圣人。我简直快发疯了。

我本可以挽留他的，但我没有。"很少有妻子能做到像你这样。"泰德不停地重复这句话，我好像成了伟大开明、甘愿自我牺牲的楷模。“我就是这么了不起。”我自嘲道，可惜泰德完全没注意到我的语气。有什么好注意的？他就要去冒险了，而我才是被捉弄、被打击的那个。在最后几周里，泰德简直把我当成了瑰宝。他一边看着我在房间里走来走去，一边念叨：“你真是太好了。”不仅如此，泰德还经常搂着我，一抱就是好几分钟，我的心正因他而跳动。他会想我的。我告诉他我很害怕，但他却认为这再次证明了我的勇敢。

少了泰德的陪伴，最初几个月简直就是煎熬。我不得不搬回父母的公寓，晚上和芭芭拉共享一间卧室，听着她翻来覆去地折腾，实在令我难以忍受。泰德的缺席让我深感四肢沉重，可怜的身体总是被不切实际的渴望困扰着。到日本后，泰德给我打了通昂贵的越洋电话——“基地难看死了！”他说，但声音里却满是激情。三周后，泰德寄来家信（散步时能在田地里看到水牛！还有许多壁虎和蚊子。学生好管得很——我不用贿赂他们！），我每天都给他写信（纽约的秋天依旧温暖，芭芭拉想选法文专业，很实用）。爸爸经常说：“我不想有个住在军事基地里的女婿。”我同意他的观点。这真是太丢人了。

烘焙店的工作不算累，时间仿佛没有尽头。我吃了太多的杯子蛋糕。妈妈建议我把卖不出去的存货留给克里斯蒂街的天主教工作者协会，那是她朋友多萝西创立的。多萝西大部分时间不在，收容所里尽是些老酒鬼和疯疯癫癫、脾气古怪、人生毫无希望可言的年轻家伙。他们在这座古旧楼房里四处游荡，墙上的耶稣受难像静悄悄地看着眼前的一切，他们是被社会遗弃的人。几个点心盒子就让整个收容所——包括工作人员和定居者——沸腾起来了。“露易丝来啦！”我刚走进屋内，大伙就喊了起来。一个女人兴奋地跳着转圈，直到被人劝阻才安静下来。

我有过任何信仰吗？妈妈总说我的政治立场被荷尔蒙带偏了，这是我人生的污点。但我不这样想。经过严肃的思考，当然，也是在欲望的驱使下，我坚决认为爱才是世界上最真实的东西，而正义则永远无法通过行动获得（做那么多意义何在？），无论怎样做，都达不到圆满。如今，我看待世界的方式已经有所不同。

泰德在信中说，他真希望我可以陪在他身边。好吧，我并没有。他和学校签了两年合同，年内有一次免费探亲的机会。我还在气头上，怎会对性事抱有幻想？烘焙店里的日子百无聊赖，我整天迷迷糊糊，无法集中精神。工资也少得可怜，有的女人还要靠这份薪水养家。“快醒醒，苏西。”同事们对我说。

我搬离了父母家，在东三街租了个单间——厨房里放澡盆，大厅里设马桶。放着免费的地方不住，偏要自己花钱，泰德知道后，批评我“过于冲动，目光短浅”。“就你自己？没有别人？”露西问。

“我还以为你想省点钱呢。”妈妈说。

所有人都觉得这并非明智之举，也许他们说得对，但和芭芭拉共住一间房，天知道我还能忍几个月？我尽可能让新家有趣些，比如在装潢上下下功夫——把墙面涂成珊瑚橙色，再挂上毕加索的《格尔尼卡》。那些扭曲的人物形象，刚开始我也不太习惯，但我知道总有一天，我会爱上这里，事实证明，我说对了。我天生热爱自由（另一种自由，但这种更有意义），并以此为傲。有时，哪怕看到我用来读书吃饭的桌子，内心都会生出一阵狂喜。可惜没人相信我的话。

感恩节那天，爸爸带我们去威斯康星州的一个小镇，参加在市中心举行的小范围游行活动，旨在声援由全美汽车工人联合会发起的科勒钢管厂罢工运动。妈妈带了一暖壶热苹果酒，好让我和芭芭拉暖身子。当天晴空万里，天气没那么冷，参加游行的大都是我家的朋友，所以气氛相当热闹，像过节似的。我也举着用尖木桩钉成的牌子，上面写着：擦亮双眼，别买科勒钢管。

泰德的感恩节过得如何，和美国同事一起庆祝的吗？还不错，但他一定很想我。通电话时，他的声音听起来闷闷的，很像从水底传来的。他去军官俱乐部玩，喝了一堆威士忌，还跟美国大兵们合唱《越过草地，穿过森林》。一位参谋军士不停地模仿火鸡的叫声，咯咯，咯咯。是的，没错，我非常想念泰德，但我依旧窃喜当初没跟他去日本。

日子就这样过去了。我们强烈地思念着对方，而与此同时，怨念也在与日俱增。我在浪费青春，而泰德则把我的父母当成了罪魁祸首，要不是他们政治不正确，他也不会孤身一人流落日本。但很明显，他十分享受这种异域生活（刚吃了日本当地的面条，配菜是炖猪手！他写道，味道好极了！）。为打发时间，分散注意力，我在亨特学院的夜校报了名，学习维多利亚时期的小说，品味那个时代的爱情与金钱。我比之前成熟了，敢在班上主动发言，我对《汤姆·索亚历险记》里的贝琪·撒切尔很有研究。

“在日语里，谢谢是arigatou。”泰德写道，“你好是konnichiwa。”那年春天，泰德成了学校垒球队的教练。在此之前，我从没见过有人玩垒球。我们虽然不在电话里吵架了，但我总是听不懂他在说什么。在夜校里，我和两个女生很要好，课后经常一起喝茶，讨论《简·爱》的男主人公罗切斯特究竟有多盲目。夜晚回到温馨的小家，享受一天之末的宁静，这种日子多么美好。我仍会想念泰德，但分隔两地也没那么糟。我知道他也是这样想的。

“你怎么把房间搞成这样？”泰德刚进门就开始发泄心中的不满，他八月有假期，可以回国探亲。我俩在门口拥抱了很长时间，泰德有点受不了珊瑚橙色的墙壁和破败的水槽。“因为喜欢呀。”我说。他双唇上的味道久久徘徊在我的鼻腔中，有一种意外的新鲜感。“和我的预想不大一样。”他说。

怪异的环境阻止不了荷尔蒙的力量。前戏过后，我俩立刻进入正题，熟悉的场景再次上演，我们终于可以真正地拥有彼此了，如今，这简直成了一种奢侈。和泰德做爱是何感觉，我已经记不起来了，所有细节都被忘得干干净净，所有的渴求也都变得不再真实。我的想象力真是差得可以。

“日本人晚上洗澡，他们觉得早晨洗澡很奇怪。”泰德说。他喜欢念叨日本的奇闻趣事。我的确有好奇心，但并非像他认为的那么强。“除了生鱼片，日本人还生吃马肉，你相信吗？但他们很注重卫生。军事基地打扫得干净极了。”我友善的丈夫，这位帝国统治的拥护者说道。我几乎不提夜校的事，也不想听他就狄更斯的作品发表见解。

时间一分一秒地过去，我们只能团聚两周。掰着手指过日子的确耗精力，但我们还算应付得当。送泰德上飞机时，我哭了——我为自己感到难过——“别管我，我简直傻到家了。”我好像真把自己当成了军人家属。

在烘焙店，一位岁数较大的女同事跟我开玩笑，说日本艺伎最会勾引男人，她觉得生孩子是明智之举，这样才能把丈夫的心拴在家里。他们真都在讨论这些吗？我不能对她坦白，说我对泰德既爱又不爱。而且众所周知，怀孕可不能浅尝辄止。

天天写信是不可能了，到了第二年，我连每周写一封都觉得困难重重，因为我经常想不起来。泰德每月都寄来支票，作为回应，我通常奉上一句：感谢你为人气组织，露易丝爱吃基金会做出的卓越贡献。我还指着这笔钱付房租呢。我俩之所以没离婚，难道就是因为他能定期给我寄钱吗？有时，泰德会说："我知道，这钱你总会有用处的，就当它是一笔意外之财。""你挑支票的眼光还不错，绿色很百搭。"我回复道。

我和在烘焙店上夜班的某位同事进行了一场可笑的调情——他通常在我下班前一小时来店里，偶尔，我俩会在厨房周围开开玩笑。他叫特雷弗，来自特立尼达拉岛，我说他长得像演员哈里·贝拉方特（确实像）。和我在一起，特雷弗总是小心翼翼的。每当他捧着面团从我身边经过，我都要恭维他两句，特雷弗也是笑脸相迎。自从有了新的幻想对象，我对泰德的思念开始与日俱减，这种感觉很奇特。反正只是想想，有什么要紧？一天傍晚，我问特雷弗白天他都怎么过，是不是在睡觉，然后我竟莫名其妙地约他周一一起吃晚饭（那天烘焙店不营业）。

特雷弗很会打扮自己，当天，他穿了件修身款的浅蓝色衬衣，非常吸人眼球，我边吃炸比目鱼配土豆泥，边和他聊特立尼达拉岛的冬天——"哦，没错，超过八十华氏度"——"我喜欢你家墙壁的颜色。"特雷弗说，"方寸之地竟让你布置得如此漂亮。"

我必须给他点暗示——趁着去烤箱拿东西，我故意蹭了他一下——接下来就简单多啦。和特雷弗上床！除了泰德，我从未想过自己会有别的恋人。即使在脑海中排练了很多次，我依然倍感震惊。特雷弗和泰德不同——他更有活力，更兴奋也更自信。我始终觉得自己很鲁莽，做事不顾后果，但这回，我却遇到了好人。我能做到，我想，因为我足够幸运。

婚外情持续了几个月，特雷弗一直心怀恐惧，倘若被店里发现，他很可能被开除。这种担心并非毫无道理——我俩没入工会——和已婚白人乱搞，特雷弗将面临何等严酷的指责。我们鲜少讨论种族这个超级敏感的话题。

“开心是开心，可惜哪儿都去不了。”特雷弗的描述很准确。

“我知道，我知道。”我说。

除了我家，我俩哪儿都不去。只要在一楼大厅碰到，小孩子就拿我们找乐，有时情况更糟。他们只是孩子，但我还是恨得牙痒痒。我们尽量远离人群，丑闻是见不得光的。

“你知道我在特立尼达拉岛的情况吗？”一天晚上，特雷弗说道。

“不知道。”我说。

“我有妻子。”

“你为何告诉我这件事？”刚开始我也想不明白，但突然，我就茅塞顿开了。我有丈夫，不是吗？

“她叫风信子。”特雷弗说。

这不是好兆头，他想谈自己的妻子，否则不会提她的名字。一个蠢了吧唧的小女生，整天坐在家中的小厨房里，等着特雷弗汇钱。

“就这样。”他说。

哦，是吗？特雷弗想让我悬崖勒马，放他自由，免得引火烧身。

“是时候放手了，不是吗？”我说。

“对不起。”特雷弗说。他的确有绅士风度。

接下来的几周，即便擦身而过，我俩也很少说话，同在厨房附近干活时也尽量避免眼神接触。我们被命运狠狠地羞辱了一通。我试着屏蔽他的声音，那带有浓重口音的英语。

一天傍晚，我没见特雷弗来接班，听柜台的一个女孩说，他换工作了。“什么时候？”我问，“什么时候走的？”没人关心他去哪儿了——“我怎么知道？”同事们说——再说我也不好挨个打听。

“你很难过吧？我特别担心你。”露西说。

“还好，不算难过。我看起来有那么糟吗？”我说，“也许有点伤心。”

“你有心吗？”露西说，“别介意，开个玩笑。”

“你知道日本人哪里最有趣吗？一根筋。做事情认真到不行。我喜欢日本米酒！”第二年快结束时，泰德来信说他可能要继续留在日本。说实话，我并不感到惊讶。我到底在想什么？什么样的男人喜欢住空军基地？我依然放不下特雷弗，但同时，我又对另一个男人产生了好感。他在美国产业工会联合会工作，经常去子单位出差，不怎么在家住。我曾和他提起，想将工会制度引入烘焙店。除了聊天，我们没发生任何事，但他经常从德卢斯和苏福尔斯打来电话，给我讲愚蠢的笑话。生活就是有各种可能。“如果真需要你，你就好好待着吧。”我写信给泰德。

“你真是世间难得一见的好妻子。”泰德回信道，“分居两地实在辛苦，但我会争取升职，给家里寄更多钱。”

“他怎么能把你晾在这儿？”露西说。泰德可能有外遇了，也许是城里的女人，或者是军事基地的某位秘书，总之他不会和她结婚。说实话，我一点也不生气。我告诉人们泰德之所以留任，是因为工资将越来越高，有时，我还会说因为这份工作很有意义。

“这的确不太正常了。”妈妈说。

“不正常是罪过吗？”我说，“你也不走寻常路。”

那年七月，泰德回美国探亲，恰好赶上露西的婚礼，我不得不带他去，我不能留他一人在家。我和泰德并肩坐在犹太教堂里，看着露西身穿白色丝绸透明硬纱，缓缓走向她最爱的鲍勃。和所有嘉宾一样，我也感动得泪水盈眶，但与此同时，我也知道，婚礼上的誓言可能只是一派胡言。既然做不到，何必装出信誓旦旦的样子？我偷偷瞄了眼泰德，他穿了一件我从未见过的海军蓝色西服，他居然一直牵着我的手，这点颇令我惊讶。我们相处得还好，就是不怎么说话。此时此刻，泰德正在摩挲我的手指，这种示爱方法有多老套。他应该很感激我吧，我想。

泰德刚走，我就和米克好上了。他是个相当有魅力的小伙子，也是工会的组织者，经常外出公干，每次来纽约都不会超过一个月。米克和谁都聊得来，除去花言巧语搞宣传，这家伙还擅长讲故事。哪家的狗会报时，哪个女人能同时用两种语言唱歌，米克通通门儿清。

米克很黏人，他不希望我为了上夜校或作业而忽略他，但我偏偏固执己见，只按自己的喜好来。“亲爱的，就今天一晚。”米克想和我幽会，而我则半开玩笑似的拒绝他：“宝贝，我不是你妻子。”房租是泰德付的，我没有理由摘掉结婚戒指。一方面拿丈夫做挡箭牌，一方面过着没有男人搅扰的独居生活。所有人都认为我在开玩笑。

经过艰苦努力，我和米克终于将普利茅斯夫人烘焙店纳入了烘焙和甜点制造业国际工人协会，老店主都快被我气死了。（店主居然是粗鲁的大老爷们，根本不是普利茅斯夫人。）如果可以，他绝对立马开除我（随意开除员工是违法的），无所谓，反正我早晚要离开，因为我已经大学毕业了。

妈妈打算让我穿着她亲手缝制的裙子参加毕业典礼，我很感动，但这个主意真是糟糕透了。爸爸尤其高兴。他的女儿就要拿到文凭了。“我们做得不错，不是吗？”爸爸一直在重复这句话。米克也出席了毕业典礼，他就坐在爸爸旁边，俩人很聊得来。全家人都知道我们在交往。

“恭喜你，我了不起的妻子。”泰德在信中写道。

英文系毕业后，我在一家专门出版女性杂志的公司做校对，成天和愚蠢的垃圾文章打交道（“关于纸巾使用的二十种小窍门”），偶尔遇到有关烘焙的文章，我还能给作者挑挑错，这是我擅长的。鉴于本人出色的校对能力，没过多久，我就进入国家海事联合会（好吧，是米克托关系把我弄进去的），负责编辑时事通讯，说是编辑，其实大部分稿件都需要重写，所以，报头的编辑一栏中总会时不时出现我的名字。

泰德呢？得知我住进更好的公寓后，他写信说：“别把房间布置得太漂亮，我会认不出来的。”“要怎么办才好呢？这是你最爱的床单。”我写道，“它正在等你回来。”“想它们想到发疯。”泰德回信道。那一年，泰德并未回国探亲，我真的介意吗？我想我是介意的。泰德说他必须存钱，好改善居住条件之类的，但他每月仍定期寄钱，没人知道这意味着什么。米克也不在我身边——他要去爱达荷州工作几个月——那真是个漫长且苍凉的夏天。“用不着为难自己。”露西说，“你真是个傻瓜。”

“现在还好，如果病了怎么办？”妈妈说，“我指的是以后，连个能帮你的人都没有，日子怎么过啊？”幸好，我的身体还算给力，那段时间没怎么生病，仅有的一次感冒，米克还给我带来了热棕榈汁。再说，女人大多比男人长寿。“总有一天，你要做出抉择。”妈妈说。

海事联合会的大部分人都认识米克，但对他们而言，我仍是菲弗太太。对于私生活，我从不加以隐瞒，所以大家觉得我坦诚、直率。这份工作很适合我——周围都是穿着随意，性格粗鄙的大男人，海员们时不时来拿报纸，没有整天废话连篇的女同事。能够维护海员的利益，有机会替他们办事，我已经很高兴了。时事通讯里的煽情内容虽有些虚假，但我已经努力做到最好了。

许多人认为我不会永远保持年轻，可我的确年轻了很长时间。我和米克去大峡谷远足，转年又去犹他州看雪，那可真是个好地方。米克曾当过妈妈嘴里的“装卸工”，并且偏爱体育活动。在这之前，我不知道自己竟然对运动如此着迷，我甚至还在市中心一栋大楼顶端的冰场上学过滑冰。“你总能让我大吃一惊。”泰德写道，“滑冰时，你肯定穿着小短裙子吧，转起来飞快的。”

“我穿宽松的衣服。”我写道。

冲绳属于亚热带地区，气温从来不会低于十摄氏度。泰德说他想看雪，我才不信呢。

进入三十岁后，大家觉得我更年轻了。露西的孩子叫我露露阿姨，她把我当成了卡通人物。她们喜欢来我家玩——比之前的公寓更宽敞，地板漆成了蓝色，墙上的画也从《格尔尼卡》换成了马蒂斯的作品——可惜，她们不相信我一个人住。真没别人？我不是在编故事吧？

我最讨厌米克突然出现，事前完全不和我打招呼。“我也是有原则的。”我说。但米克就是不听。能够见到他我很高兴，所以也是睁一只眼闭一只眼，然而这种不公平的感觉，总要以其他方式发泄出来。汉堡买几个、哪家是黑店、谁才是自私自利的家伙，这都是我们争吵的话题。

有一次，我不得不告诉米克，泰德准备八月份再次回国。他几年才回一次家，要尽可能多陪陪他，这是显而易见的。米克必须知难而退，这对他来说很难吗？

“你在友好地命令我去跳河。”米克说。

无论时光如何流逝，泰德永远是最初的泰德，这点很不容易做到。哦，看到他衰老的容颜，我总要大吃一惊，泰德会从我早就遗忘的老话题开始谈起，但没过多久，我们就适应了对方的节奏。当然，上床是首要任务（还是原来那张，床头板上画着枫叶图案），之后，我俩躺着聊天，继续昨天未完成的话题。泰德一边拉着我的手，一边轻轻揉搓我的手指。“嗨，露易丝。”他深情地说，“发生什么事了？”

露西经常问我：“他是否认为你只是他所拥有的物品之一？”

露西知道我对私有制的看法——私有制等同于偷窃，是强者对弱者的剥削。“你的意思是我应该完全占有泰德，把他从日本拉回我身边。”

“你也许可以的。”

“没有任何东西能取代自由，根本不可能。”我说。这是爸爸最喜爱的无政府工团主义者鲁多夫·洛克尔的名言。我不认为这个观点有趣，甚至怀疑它的真实性——只是一句口号罢了！——但此时此刻，它却显得无比真切。或者在某种情况下，它也称得上正确，妈妈一直惧怕那个限定词。之前，我总告诉爸妈，自己并非理论家。

“那你是什么？”妈妈问。

“总之不是伪君子。”

“那是底线。”妈妈说，“不是答案。”但我不这样认为。那是我从艰难困苦中得出的答案，早已经过了生活的印证。

接近不惑之年时，我和米克仍在为生活琐事而争吵。他希望我飞到圣路易斯去看他，在那里度过为期四天的周末。“我有工作，不能随便请假。”我说。

“费用我出，亲爱的。都算在我账上。”

“所以呢？快别闹了，不是钱的问题。”

“你知道问题出在哪儿吗？”米克说，“那就是你根本不在乎我。”

一年只见五六次面的男人居然和我提“在乎”两个字？

“倘若是你丈夫勾勾手，叫你去日本，你早跳上飞机跑没影儿啦。”

“我不想去日本！我不想！”大多数时候，我不再有出国的念头了。

“圣路易斯特别棒。有拱门，有大教堂。只差你就完美了。”

最终，为安抚米克，我只能照他说的做。圣路易斯的确不错，但那家伙立刻就缠上我了，非要我多待一天。他的言而无信让我怒不可遏。凭什么为他放弃时事通讯？这趟旅行相当不愉快，米克也不怎么打电话过来了，但他不会完全消失。

午夜时分，米克需要我这个聊伴，或者趁他来纽约时，我也会让他去我家。因此，我不算完全意义上的单身。所谓距离产生美，独居生活就是有这点好处。接到不期而至可以与米克隔空亲吻的电话，感觉并不坏，之后，我会躺在床上看书，熬到很晚才睡。米克的声音在我的耳际徘徊，他就像空气一样无处不在，在这一片死寂的房间里，时时刻刻陪伴着我。

还没到退休年龄，泰德就离开了他在冲绳的教学岗位，并在那儿做起了英语私教。不仅薪水可观，还能过上他所期望的另一种生活。美国人真的不需要那么高的生活成本，除去吃穿用度，泰德还能寄点钱回家，但和之前相比的确少了很多。

辞职前，泰德并没有征求我的意见。说真的，那么多年来，他寄钱的数量几乎没怎么变化，如今更是少得可怜。好在我的工资有了大幅度提升，所以他少寄点钱也无所谓，难道不是吗？对于泰德的所作所为，妈妈简直忍无可忍，幸亏她是无政府主义者，否则早去法院起诉那家伙了。“他亏欠你更多。”妈妈经常念叨这句。

泰德已经搬出军事基地（对妈妈而言，那里就是监狱），在城里安家了。我寄给他一套窗帘，供他装修新房用，上面画满了尖利的几何图案，应该符合泰德的审美。我没完全摸准他的喜好，但也不是毫无头绪。

窗帘寄出后，我又担心自己选错了布料。“你真是怪人。”

露西说，“省点儿钱给自己买张新沙发多好。”

有时，我会一边和泰德通电话，一边打量自己的公寓。蓝色的地板、铬黄色的顶灯、餐桌上闪闪发亮的橘黄色碗碟，一切都那么赏心悦目。我暗自喜欢着这种看似蹩脚的装潢风格。我到底需要什么？没沙发也挺好，我把它放在爸妈的客厅里了。我那固执的爸妈。你根本不明白你坚持的是什么，对吧？诚然，别人拥有的东西我没有，我心里清楚，但我谁都不嫉妒——也没什么好嫉妒的——有些事自己明白就够了，别人相信与否并不重要。

更好的自己

这本回忆录绝对能拍成相当棒的电影，马库斯一直这么认为。此时此刻，他正躺在朋友家院子里的吊床上，手里捧着那本令他爱不释手的精装书，一九五二年印制，封面已褪色，稍微折个角，书页就有被撕裂的危险。这是凯西的家，他已经住在伍德托克附近很久了，书是在客厅的架子上找到的，它也许已经在那里沉睡了六十年。

回忆录名为《村中的日日夜夜》，主人公是一群二十世纪二三十年代居住在曼哈顿的激进派和无政府主义者，他们动辄争吵不休，与别人的妻子有染。文笔虽有矫揉造作之嫌，但马库斯却看得津津有味，带有悲剧色彩的过度自信（未来社会大变革！资本主义必死无疑！——总之，生活在二十一世纪的人绝说不出这种话），外加真正意义上的阴险与欺诈。尤其是作者的妻子，绝对称得上是吹毛求疵的典型代表。

马库斯同意作者的大部分观点——私有制等同于偷窃——但从某种程度上来说，他也同样相信耶稣是上帝的化身，他真的相信。这些观念占据了他脑海中某个神圣的角落。倘若照此发展，世界非发生暴乱不可，历史上可不乏先例。那就是问题所在，不是吗？马库斯喜欢这本书，足足读了好几个小时。

吃晚饭时，马库斯告诉凯西和卡萝尔，自己找到了挣大钱的路子。“噢。”凯西说，“我看是破产计划才对吧。”

“给我投点资，我会让你成为好莱坞的富翁。”马库斯说，“绝对是一部大型传记电影。”马库斯边说边晃晃手里的书，他们明白，马库斯在开玩笑。“左翼”势力风头日衰，这年月什么钱都赚不来，简直糟糕透了。他们仨全是律师，算不上高薪职业。马库斯的专长是房屋租赁，凯西和卡萝尔这对夫妻则专攻移民法。

也许，马库斯根本不愿和别人分享这本书。他打算细细品读，让书中的情节在脑海中一遍遍地回放。别人无法理解这本书的精妙之处，甚至还会在不该笑的地方笑出声来。马库斯之前的恋人也察觉出了他的神经质倾向：除了他自己，没人知道这家伙在想什么。不仅如此，马库斯还沉默寡言，极端情绪化。面对男友的指控，马库斯始终愤愤不平，但他依然对尼科余情未了，希望他回到自己身边。

这个周末，凯西和卡萝尔对马库斯的照顾简直到了嘘寒问暖的地步——有时，他们真是太热情了——尼科的离开对他打击很大，他需要安慰。今天的晚饭是烤玉米配鲜嫩卤鸡肉，甜点是西瓜。为驱散马库斯内心的悲伤，凯西和卡萝尔宣称应该把西瓜放在炉子上烤烤，因为味道着实不错。马库斯尽情地吃着，但就是做不到开怀二字。他们仨坐在炉旁，边驱赶蚊子边看着夜幕下翻飞的萤火虫。过了会儿，马库斯溜回房间，继续品读《村中的日日夜夜》。

作者怀疑他的妻子贝琪和一位住在格林威治大道公寓楼中的邻居发生了婚外情。究竟是理查德（“来自辛辛那提的犹太佬”——作者在民族问题上存在偏见），还是乔（“乏味的已婚男，让人看不透”）呢？被痛苦包围的作者只好带着难以取悦的妻子来到一家地下酒吧，他们经常待到很晚才回去，尽量避开公寓的邻居。作者的妻子是个性格活泼的女人，她逐渐对夜生活产生了兴趣，也许婚姻还有希望，他想。

终日流连酒吧令他的生活难以为继。他是专职记者，平日里为报纸撰写文章，收入非常微薄。他只好向朋友借钱，包括与妻子关系不明的理查德和乔。再后来，他变得一无所有，每月都要向酒吧赊账。作者并不感到骄傲。“钱从来都是我的假朋友，快看看我妻子，她是那么快乐无忧，大口大口喝着鸡尾酒，对所有人都笑脸相迎。”

“Gay”的本意是快乐无忧，如今，已经很少有人这样用了。每每读到，马库斯都要显露出惊讶之情。这果真是种讽刺。“我家贝琪越来越像淘金者了。”作者写道，“也许她自己并没有意识到。甘地曾说‘地球能够满足人类的需要，但无法满足人类的贪婪’。”

甘地？这和甘地有什么关系？一想到这位英雄在布利克街

的某家酒吧里流连忘返，马库斯就觉得好笑。那时，甘地已经做好了发动“食盐长征[①]”的准备。马库斯是甘地的忠实粉丝。难道在那个时代，这位作者就读过甘地的著作了？也许吧。马库斯想象着那位深受情伤的年轻丈夫，他将甘地的名言奉为精神寄托。这位出生于古吉拉特邦的老人，身材消瘦，一半牙齿都掉光了，竟可以好几十年（甚至包括当时）不碰自己的妻子。马库斯突然想再读一遍甘地的著作。

转天，马库斯起了个大早，他果真去书架上找甘地的书了。《我体验真理的故事》，难道没放这儿？阿加莎·克里斯蒂的平装套本与艾比·霍夫曼的《偷去这本书》，中间夹着的那本居然不是？凯西的叔祖父是画家，他长居于此——整栋房子到处是色彩艳丽的风景画——其他人有时来有时不来，居住时间不固定。

甘地一直忙于为自己创造各种形式的痛苦，包括禁食、长征和坐牢。他要为他的理想奉献终生。也许，他真是同性恋，毕竟伟大的灵魂可以容纳任何东西。

大学里的非洲裔美国人很少，马库斯不擅长运动，舞也跳得一般。寝室室友，大一新生凯西称他为“反叛典型”。马库

① 甘地领导的非暴力不合作运动之一，是反抗英国殖民政府的和平示威活动。

斯最会打扑克，记牌本事一流。倘若换种性格——凯西说——他准能当银行家。最近，他连手机里的单人纸牌游戏都戒了。单人纸牌——孤独爱人的必备品。不！他才不要玩那种游戏呢。

“想去游泳吗？游泳对你有好处。”吃早饭时，凯西说道。

汽车在蜿蜒的山路上横冲直撞，道路两旁荆棘丛生，没准儿还有毒漆藤。马库斯的情绪相当低落，直到看见波光粼粼的小溪，他才稍稍提起点兴趣。一群孩子叫着闹着，在水中嬉戏玩耍。所谓斑驳的宁静，大抵就是如此吧。河边长满蕨类植物，黑色岩石整齐地堆叠着，不远处有个漂亮的小瀑布，可以站到下面玩水。某个地方的水深超过了马库斯的预想，他小心翼翼地迈进沁凉入心的溪水里，随即绕圈跑起来，水花从脚边飞溅而出。

接下来一整天，马库斯都表现得很正常。无论是去比萨店吃午饭，去农场买玉米，还是在回来的路上和亲爱的凯西以及卡萝尔相约散步，马库斯都是兴致勃勃的，没人知道此时此刻，他仍然深陷绝望之中，他只想一个人待着，品读那本回忆录。

阅读开始于晚饭前，情节发展如下：作者（一个叫诺曼·F.雷姆森的男人，他从没出过名）打算向好友多萝西·戴伊（马库斯知道她，当时，多萝西还未创办天主教工人协会，名声也未打响）求助。诺曼心知肚明，多萝西绝不会告诉他贝琪到底跟谁勾搭成奸，但他仍希望对方不小心说漏嘴。对多萝西而言，这是个多灾多难的冬天，她和三岁大的孩子住在位于十四大街的“客房”里，采光很差，空间狭小。多萝西给诺曼倒了杯茶。“例行公事般地夸奖了她那不苟言笑的小女儿后，我说：‘贝琪本该和我一起来的。她之前来过，对吧？’贝琪和我解释过很多次——我不相信她——我必须亲自拜访多萝西，看她是否会为贝琪打掩护。女人总会对朋友保持忠诚。可惜多萝西不善撒谎。事实上，她什么都没说——先为我们准备好薄脆饼干和果酱，紧接着又喂塔玛尔吃零食。”最后，诺曼大发雷霆——摆出高人一等的架势，用恶毒的言语攻击朋友们的政治观点。回家后，诺曼不禁自我反思，多萝西办事一向讲原则，为了信仰宁愿离开丈夫，也不欺骗自己，相比之下，诺曼就愚蠢得多，甘愿自我蒙蔽，也不面对现实。

吃晚饭时，马库斯想和朋友讲讲书里的内容。“他是政客，妻子整天围着他转。这部分写得很神秘，你要猜猜到底谁是白痴。”

“好奇怪的回忆录。”卡萝尔说，“八成是他胡编出来的。”

“他想把心里的悲愤一股脑倾泻出来。”马库斯说，“读着很感人，但在日常生活中，他没准儿是个让人无法忍受的家伙。”

“如果对方不想让你好过，他会想方设法折磨你。”卡萝尔说。

“诉诉苦也未尝不可。”凯西说。

“我觉得他想把妻子暴揍一顿。”马库斯说，“我希望他快点行动。我是不是不该有这种想法？”

“没错。”卡萝尔说。

马库斯和尼科在一起五年，时间不算很长。也许，尼科想找个更有魅力的男人。原先位于布鲁克林的公寓——坐落于科布尔山的半褐色砂石型建筑，带小后院——归尼科所有，马库斯单独住在市中心一个简陋的工作室里。他心底的恨意究竟要持续到何时？偶尔，马库斯看着镜子里的自己，心中满是不屑。那个傻帽真可怜。畏缩的眼神，绷紧的下巴，白天，他只能以这副面貌示人；到了晚上，便连烂泥都不如了。撑着瘦如干草的骨头架子挨过一天又一天。他从不相信尼科会永远留在自己身边，这个念头只能加重他的痛苦。

当然，世上的痛苦绝不仅有这一种。马库斯知道世界是什么样。他每天都读新闻，战争肆虐，平民遭到屠杀，集中营里频频发生强奸案，和毒品有关的谋杀屡见不鲜，以及随时可能爆发的核灾难，就连平日接手的案子也无不暴露出世界的种种阴暗。公寓里老鼠乱窜，管道年久失修导致漏水，油漆含铅量超标，电梯里有人持枪，等等。马库斯到过印度，也看过孟买的街道。他不是傻子。

晚饭后，马库斯没有立刻拿起书本，他还要洗碗。卡萝尔在讲一个有趣的故事：一头小鹿如何钻进了他们的花园。她和凯西竟然在夜幕下玩飞盘，多可笑的游戏。飞盘的行踪飘忽不定，如鬼魅一般，而这两个家伙竟完全忘了自己已是快四十岁的人了，他们又蹦又跳，追着飞盘满处跑。马库斯满身疲惫地回到温馨、泛着霉味的阁楼，准备蒙头大睡。他本不想看书的，但还是打开了书本。

作者和贝琪大吵了一架。因为贝琪取笑他如此“勤俭持家”——把捆包裹的绳子留下待用，他甚至命令贝琪替他补袜子，竖衣领，做各种肉菜。“对你而言，廉价才是最大的美德。”贝琪说。

“没错。想不出卖自己，这是唯一的方法。”

贝琪竟然嘲笑他。她之前从没这样干过——瞧她那幸灾乐祸的嘴脸——他开始对贝琪大喊大叫。“幸好，我已经忘记自己说过什么了，但我清楚地记得，我非常想揍她，但我必须克制自己。我对自己有着清楚的认知，我一向反对暴力和压迫，对于心底的暴力冲动，我感到十分惊恐。我挥舞着手臂，准备给她一巴掌，贝琪吓得惊声尖叫。”

马库斯喜欢贝琪的聪明劲儿，也许，她的反叛精神是天性使然，和政治立场没太大关系。作者根本搞不定她，这是显而易见的。

最终，吵架以这位可怜的丈夫甘愿道歉而终结，但马库斯知道，事情远远没有结束。凌晨刚破晓，马库斯就读了剩下的部分。悔不当初的丈夫害怕失去贝琪，决定给她买串玻璃珠项链——贝琪最喜欢红色——赔罪。身边朋友们的钱都借遍了，却还不起债，作者只好求助于乔的妻子薇拉，这是他第一次找女人借钱。薇拉是个热情、胆小，又有些虚荣的家伙，她答应得很痛快。得到项链后的贝琪兴奋得要命，她给了丈夫一个大大的拥抱，还吻了他，至于别的，书中并未提及。

就在作者决定打消疑虑，重新信任妻子时，贝琪却说漏嘴了。她要和地下酒吧的老板私奔。这男人是从哪儿冒出来的？马库斯一头雾水，作者居然没给出任何线索，真气人。这对读者不公平。

“你也许觉得这个私下里和酒吧老板勾搭成奸的女人没什么头脑，但贝琪鬼点子多着呢，只是不显露罢了。她要克制自己，尽量低调行事，而我却总想做那些我根本做不到的事。在她眼中，我就是个自命不凡的家伙，但这是我生活的动力所在。”

他确实自命不凡，马库斯大体上认同他的观点。

自觉受到了羞辱的作者急切想要离开美国。他通过省吃俭用，变卖随身物品，也许又借了点外债，总算搞到了去欧洲的船票。“在巴黎，我可以认识真正的激进派。没有贝琪在身边，痛苦是当然的——最初几个月，我一直萎靡不振，浑身散发着负能量。巴黎是爱情之城，这里的人应该懂我，愿意听我倾诉衷肠，但事实却刚好相反。法国人缺乏耐性，从不关心他人的生活。谁会在乎你想什么？我法语不好，他们英语也不灵光。再说，法国人自己还忙不过来呢。他们自愿赶赴意大利，帮当地民众对抗法西斯暴政，许多人都牺牲在了战场上。和喋血异乡相比，我的情伤简直太微不足道了。”

“流浪法国的日子虽有艰难困苦，但巴黎毕竟赐予我新生，让我收获了快乐。我遇到了现在的妻子乔赛特·勒布朗，我对如今的生活很满意。”

这不是回忆录的结尾——后面还有一章，介绍作者在密歇根州遇到了昔日的同乡——作者跳过回忆，用简洁的笔触概括了当下的幸福。这纯粹是有感而发。倘若连那个装模作样的年轻蠢蛋都能获得永久的幸福，那所有人都可以。

尼科会喜欢这本书的。事实上 ，马库斯之所以对这本回忆录青睐有加，有一半原因是在模仿尼科——古旧的明信片；纸张发霉、字迹模糊不堪的旧文章，各种野餐聚会的老照片，尼科全都来者不拒。那些染上时光的颜色，被尘埃掩埋的沧桑往事对尼科来说有着致命的吸引力。为营造出爱人未曾离去的假象，马库斯只能尽力保持着爱人的旧习惯，这一切到底能持续多久，连他自己也说不清。

回忆录的作者给贝琪送香槟鸡尾酒，送玻璃项链，他又是怎么想的呢？这是什么样的无政府主义者呀？居然认为钱可以买来爱情？但为爱奋不顾身，这倒也说得通。为支持甘地在南非的事业，赫尔曼·卡伦巴赫甘愿捐出所有土地建造集体农场和医疗中心。

不久之前，在印度孟买，马库斯也效仿了一回卡伦巴赫——用钱向对方表达爱意。他本没打算去印度，但工作上的失败（打官司输了）搞得他灰头土脸的，他只想逃走，远远地逃走。有人告诉过马库斯，印度是个不错的地方。这话很对。印度有造型精巧、令人叹为观止的寺庙群，宝莱坞式广告牌，身穿五彩纱丽的印度女人，以及五彩缤纷的花卉。马库斯居住的经济型酒店就在海滨大道旁，设在门廊内的早餐也很丰富可口，第一眼看到酒店，马库斯就觉得还不赖。他寄了几张明信片回家，大肆赞扬焦伯蒂海滩的日落景象。明信片上印着一栋巨大的哥特式建筑，那是维多利亚火车站。孟买的街道不算太糟，至少对纽约人来说是这样。直到第二天，马库斯才看到印度的另一面——双腿截肢的乞丐坐在带轮子的木板上，自己推着自己走；身材娇小的孩子领着比他更小的孩子沿街行乞；瘦到只剩骨架的老妇人用鹰爪般的双手将婴儿举到车窗前，求车里的人行行好，给她口饭吃。酒店里的一个当地人告诉马库斯，乞丐都是黑帮雇的，故意让他们装惨，好博取同情。“干这活儿吃不胖，对吧？”马库斯说。

马库斯动不动就询问同来印度的旅行者，为什么印度民众一点革命意识都没有。当地人给他的解释五花八门——种姓制度、宿命论、殖民主义、官员腐败——要么就取笑这个问题有多么愚蠢。马库斯越来越认定这是个宗教问题：印度人都怎么搞的？事情绝不会就这样过去，不是吗？

想法归想法，马库斯还是向现实妥协了。他偶尔给穷人点钱，但大部分时候不给。马库斯越来越惧怕穷人，尤其是他们抓他的胳膊或尾随他时，真是要多恐怖有多恐怖。一位总在早餐时间和马库斯聊天，性格相当和蔼的澳大利亚女人曾劝告他说：“你无法拯救每个人。”而马库斯并不认同。

这天艳阳高照，马库斯去参观甘地博物馆（甘地在书中写到，几乎每个城市都有纪念他的博物馆），这是第一个可以平复他心情的地方。所谓博物馆，就是甘地造访孟买时居住的公寓，房主另有其人。里面堆放了许多展品，还有甘地在阳台上扎营使用的木板。马库斯听过甘地用印地语发言，他告诫民众要净化自身。这段录音发表于甘地被刺杀的前两个星期。离开博物馆后，马库斯想，我要把钱包里的大部分卢比赠送给我碰到的第一个乞丐。

“他们已经把甘地忘了，即便他是个英雄。没人打算继承他的衣钵。”另一位游客看着甘地的护照复印件说道。

“我知道。”马库斯说，“这一切到底是怎么发生的？”眼前的男人来自美国，看起来和马库斯差不多大。长相还不赖，头发很短，眼睛半眯着，眼神中透着狡黠。

“侥幸。”男人说，“属于运气好的那类人。”

“历史没有侥幸。”马库斯反驳道。他并非真的相信这句话——也许历史就是由一个个侥幸拼凑而成的——但他似乎很喜欢和眼前的男人聊天。“他不孤独，他不是一个人在奋斗。”

“他是始作俑者。”男人接着说道，“英国人把他当疯子，当傻瓜。”

他们经过一组怪异但还算漂亮的实景模型，所有东西都用黑框装裱着，内容是甘地的生平，展现他从孩提时代偷窃金子，之后向父亲忏悔，到最终躺在檀香木堆上成为一具尸体的事情（从虚幻到真实），一共二十八组微缩人偶。快离开时，马库斯问男人：“去喝杯咖啡吗？或者冷饮？”

走出博物馆时，马库斯并没遇到那个可以供他施舍的幸运乞丐。他压根搞不清第一个乞丐是在哪里出现的，或者到底有没有乞丐出现，因为他心无旁骛，除去身边的男子，他谁都看不到。这位新朋友来自华盛顿，是名医生，很快就要搬去纽约，这的确是个好消息。他主攻肿瘤学，这不是什么令人开心的职业，但和马库斯认识的其他医生相比，他要活泼开朗得多。那是马库斯度过的最愉快、最具社交味道的下午。他们喝了好多翠鸟啤酒，又在咖啡厅里吹了半天空调，享受不用工作的快乐，虽然这两个男人都很热爱自己的职业。“我本可以挑些简单的事情干，但我偏不。”男人说。他明天就要回国了。

马库斯非要请男人吃顿豪华晚餐，这有错吗？当然没有，马库斯绝算不上爱社交的人——但这回，他必须主动出击，尽量展现得性感、大度（还不是为了这个男人）。

真是美妙的夜晚。波光粼粼的泳池，水面上漂浮的金盏花，令人应接不暇的各色美食：科钦牡蛎配黄瓜和格兰尼它冰糕，法式猪排配克什米尔苹果咖喱和椰子味法式薄饼。最后，马库斯去了男子下榻的酒店，两人展开了一段更为深入、透彻的交流。“遇到你真是我的幸运。”他说。

“我们为何不在美洲大陆重温旧梦呢？”尼科说，男人名叫尼科。

五天后在机场，马库斯才想起来，钱包里的卢比还没有施舍给那位幸运的穷人。他本想把剩下的卢比兑换回美元——大概有十三美元——但最终，他把所有卢比作为小费，送给了机场男卫生间的服务生。从没有人给过那么多小费，马库斯觉得自己做了件好事，顿感神清气爽。

在公司里，人人都知道马库斯脾气暴躁，工作拼命，但业务能力绝对一流。从印度回国后，一位秘书对他说：“我希望您能真正静下心来，好好平静平静。”于是，马库斯决定彻底改头换面。他报名参加了半基督教性质的宗教冥想课程（他之前就考虑过），事实证明，这种课很对他胃口。但尼科——马库斯定期去华盛顿看他——却觉得有些怪异。（不是平常的那种祈祷？那是什么？不需要借助药物？为什么？）那时的马库斯不介意他人的嘲笑，甚至不在乎尼科反对与否。

每周五晚上，马库斯都会乘坐长途火车去华盛顿看尼科。

车厢里灯光昏暗，所有人都昏昏欲睡。马库斯喜欢这种宁静，满载着秘密的列车穿行于夜幕之下，带着他的期望，还有那全无睡意的喜悦。

六个月后，马库斯和尼科搬去布鲁克林居住，那是间非常不错的公寓。但麻烦却也纷纷找上门来。承包商谎话连篇，线路问题频发，水管工迟迟不见人，尼科实在忍无可忍，大发了顿脾气。

“都会过去的，房子问题迟早能搞定。”

“看来冥想课很管用啊，不是吗？对你尤其有效。听听你都说了些什么。”

“我说什么了？哦，不，和冥想课无关。是印度之行。”马库斯想说，他从印度回来后，貌似宽容了许多，很少心生抱怨；那些露宿街头、蜷缩在人行道旁和衣而眠的可怜孩子们深深影响了他的世界观。相较而言，他和尼科之间并没出现任何问题。

所以这意味着马库斯比尼科更冷静？也许吧。尼科曾说，经历这样一场旅行后，有的人会更看重自己此时所拥有的，也更害怕终有一天会一无所有。为什么马库斯不怕呢？

“房子不能代表一切。”马库斯说。

“少烦我。”尼科说。

某天晚上，马库斯在祖柯蒂公园与攻占华尔街的参与者们一起游行，一个孩子打扮成耶稣的模样（长袍、络腮胡，头上有光环），手上举着牌子：你们失去的只是锁链。马库斯也有标语牌：连律师都游行，可见问题的严重性。若让回忆录里的无政府主义者看到这一幕，肯定深感欣慰。有人拍下了一张马库斯举牌参加游行的照片。身材清瘦，表情凛然，下巴抬得老高，鼻梁上架着太阳镜。他是不是很帅？尼科还保留着这张照片吗？

星期天早晨，卡萝尔夫妇和马库斯都聚在厨房，用笔记本电脑或苹果平板电脑读报纸，几乎没什么人说话。他们仨都是老相识。凯西和马库斯是大学同窗，几年后，凯西邂逅了卡萝尔，马库斯真心觉得兄弟的眼光不错。在尼科看来，他们太过懒散，但倒也招人喜欢。（情况不算很糟。）

尼科酷爱摆绅士架子。他是穿着最讲究的肿瘤科医生，纤尘不染的条纹衬衣，白大褂里打着素雅的领带。是不是唯有如此，才能向病人（没有一个气色好的）证明，他是个称职的大夫？有一次，马库斯在厨房弄伤了手指，是尼科替他包扎的，看着男友娴熟的手法，马库斯居然感动不已。

"没人觉得就业率会上升。"卡萝尔说，她正在看《纽约时报》的星期日评论专栏，"连句好听的话都懒得说了。"

"回忆录的作者压根没提经济大萧条。他的生活没受影响，你们觉得可能吗？"马库斯说。

"叙述自己的经历还叙述不完呢，哪有时间管别的。人都这样。”卡萝尔回答。

“对无政府主义者来说，世界市场自行崩溃算不上新鲜事。”凯西说。

“他没什么像样的经历。”马库斯说。

“比不上我们。”卡萝尔说。

马库斯用谷歌搜索诺曼·F.雷姆森，除了在亚马逊网上销售的一本定价为三点四五美元的二手书外，没有其他相关词条。马库斯还想探查一下甘地的私生活。

马库斯想把《村中的日日夜夜》偷走（凯西不介意），拿给尼科看。他给尼科打电话，告诉他自己得到了一样好东西。哦！他想送尼科当礼物！这难道不是世界上最愚蠢的礼物吗？

“你今天看上去好多了。”卡萝尔说。她正在狼吞虎咽地吃一碗麦片。

“山里空气清新。”马库斯说，“夜晚的星空也漂亮。”

晚上有星星吗？马库斯从没注意过，但他喜欢这个说法。昨天午夜卡萝尔和凯西玩飞盘，他们是不是出去散步了？马库斯记不清。

“是的，你被美景震撼了。”凯西说。

“没到震撼的程度。”

要说热爱大自然，谁都比不上尼科，也许在旁人看来，这的确有些不可思议。一大早，天刚蒙蒙亮，尼科就拉着马库斯去展望公园散步，顺便用随身携带的双筒望远镜观察新近飞来的鸟类。春天最易听到鸟鸣，公园附近聚集了许多不知名的鸟类。尼科捧着沉甸甸的望远镜，完全沉浸在动物世界里，一会儿瞧瞧美国梧桐，一会儿看看橡树群，甚至连铺满落叶的土地都不放过。马库斯深情地望着他，简直无法移开自己的目光。多么认真的男人，对待兴趣又是多么郑重其事。那是二月末的一天，天气阴冷异常，马库斯实在不愿起床步行到中央公园看风景，而尼科却满载着惊喜回家了，他说自己看到了美国丘鹬，那可是第一批迁徙归来的候鸟。除此之外，他还用手机拍了有趣的视频，比如一只带斑点、嘴巴很长的棕色鸟在学火鸡跑。“我是个幸福的人。”尼科笑着说，他的笑容很灿烂。幸福到底是什么，马库斯想。尼科盯着那只鸟看了多久——也许有九十秒钟？当然，这段视频将永远珍藏在尼科的手机里，成为一段美好回忆。幸福与鸟无关，一定是其他东西让他感到了幸福。

尼科是慷慨的，这点毋庸置疑。他给马库斯买了副望远镜，据说质量上乘。搬离公寓时，马库斯把望远镜带走了，但他要望远镜有何用呢？一看到这东西，马库斯就心痛，因为他从未用过。他不想被这东西牵扯精力。马库斯把它放进纸盒，推到橱柜最里面，不用想它，没这必要。

马库斯觉得自己好多了。这有错吗？他为何不能自己待着？逃往巴黎后，回忆录的作者让所有人都不堪其扰，此时此刻的他简直比这位作者还招人烦。摆脱痛苦果真有如此大的诱惑力吗？

最初几个月，马库斯别无选择，他只能拼命挣扎，不让自己陷入悲哀的深渊。有过冥想经历的人知道，思维有时是可以自控的。马库斯并没有机会亲眼得见圣人的做法，可他一点都不遗憾，反而感到庆幸。苦行僧能做到旁人无法想象的事。怪不得西方人不理解甘地。

马库斯依然记得他与尼科一起坐在孟买咖啡馆里的场景。那时，什么都还没发生，未来只是悬在空中的一个闪闪发光的可能性而已。马库斯向尼科说起自己的工作——房屋法庭就是情景喜剧的摄影棚——尼科被逗得哈哈大笑，他眼角堆叠起的皱纹，熠熠发光的双眸，粲然露出的牙齿，这些基于人类情感而引发的肢体活动竟然深深撼动了马库斯。尼科讲了一个关于房东的笑话，他只会讲这个（房东怎么靠他们的性格控制生育率？）——马库斯从不讲笑话的！——他们在一起很开心，真的开心。

早些时候——数小时之前——马库斯的情绪还很低落。印度的所见所闻，在纽约输掉的官司（拒付租金的抗议者被混蛋赶走了，这帮家伙都是有背景的人），他已被生活折腾得筋疲力尽。拐过街角，马库斯朝甘地博物馆走去，真热，疯子的国度，我必须离开，哪里才是更好的地方？

至少博物馆里凉快点，玻璃后面还有抛光的木制品和各种东西。甘地怎么看着那么怪呢，消瘦的身材，鬼魅般的双眼，半裸的身体。这个被时代所遗忘的圣父正在斋戒中，周身一无所有。这是一张关于“食盐长征”的照片，甘地走在最前方，后面是身着白袍的追随者，他们公然违抗法律，坚持去海边获取食盐。英国人吓坏了，“食盐长征”的影响力渐渐波及全国，最终，六万人被捕入狱。骑兵冲散了一组人（马库斯读道），为求自保，许多人只好平躺下来。那是谁的主意？他们训练了多长时间？他们又是何时做出决定，想要超越自身，成为更好的自己？马库斯对后两个问题尤其感兴趣。

找博物馆费了不少时间，印度人不仅说话难懂，还瞎指挥，搞得马库斯迷了两次路。为什么博物馆可以安抚他的情绪呢？但这就是事实。铁一般的事实。他记得相当清楚。

买卖

哪怕是现在，只要想到手头的工作，鲁迪仍会心感惊诧。他成天与富豪打交道，一边阿谀奉承，博得对方的好感，一边哄他们捐钱。都是家财万贯的阔主，做个慈善还不是小菜一碟。到底有多少项目要靠这些款爷慷慨解囊？医院、管弦乐队、大学、给无家可归之人修建的收容所、给饥民提供的食物、为强奸受害者准备的康复中心，以及对印度麻风病人所实施的救助。怪不得有钱人要抱怨，好处都让那些揩油者白白拿去了。

鲁迪就是“专业揩油者”之一——事实上，他负责麻风病人的援助工作——之前，他从未打算涉足慈善业。这一切究竟是怎么发生的？少年时代的鲁迪经常混迹于纽约的夜店，他酷爱那种吵死人不偿命的音乐，身边全是搞 DJ 的朋友。夜店的 DJ 换得勤，流水似的，鲁迪谁都认识。整整五个区，就没有他没去过的夜店。后来，鲁迪又在哥伦比亚大学混了四年，他很少起早去上课，但写论文却积极得很，大有拼命的架势。毕业后，鲁迪做了个疯狂的决定，去投行工作。当时，许多找不到目标的年轻人都选择进投行。因为招人喜欢，鲁迪顺利进入投行，他的工作是每天坐在电脑前，吭哧吭哧敲击键盘，进行数据的采集与分析。一年的职场生活让鲁迪性情大变，他整天愁眉不展，性格越发古怪，但收入却翻了几番。一个偶然的机会，他有幸跟着一位高级银行家去吉隆坡开会，鲁迪开心极了，每天晚上都要逛个痛快——夜市、清真寺、曾经的世界第一高楼！——鲁迪决定辞职，他要来场地地道道的穷游。谁又能阻止他呢？

事实证明，鲁迪这个背包客当得不错，他心思敏捷，为人精明，喜欢猎奇，又擅长精打细算。他很擅长交朋友，还学会好几国语言，他只生过几次病，而且从未遭到抢劫。鲁迪喜欢在路上的日子——泰国、马来西亚、斯里兰卡以及印度尼西亚的苏门答腊岛——直到他去了印度。

印度人总缠着他，时刻都不让他消停。穷困的妇女怀抱着婴儿外出乞讨；蹒跚学步的幼儿指着自己的嘴巴，央求你赏口饭吃；瘦成一把骨头，没有鞋和上衣穿的贫穷老人，他们都是迫于生计，鲁迪不忍心责备他们。还有售卖DVD的街头小贩；到处拉人揽活，恨不得立刻为你量体裁衣的裁缝；沿街拉客，拥有漂亮脸蛋的妓女以及兜售红宝石的商人，他们活得也不容易。男学生们以模仿鲁迪为乐，有些家伙则霸道至极，非要亲自告诉鲁迪印度有哪些必看的景观，否则就不许他查地图。

作为土生土长的纽约人，鲁迪已经习惯了冷漠，至少这样，他不会惧怕痛苦。有时，为避免骚扰，他也会给对方些钱。但印度就是如此神奇，前一秒刚捋出点逻辑，下一秒，就被坑得不知所以，毫无头绪。这里的人究竟是怎么生活的？印度的宗教氛围相当浓厚，装饰豪华绚丽，有令人惊艳的庙宇，有用朱砂、烟灰或檀香画在脸上的印记，一切都那么新鲜有趣。在同住旅馆一对夫妇的建议下，鲁迪决定乘坐闷热的长途汽车离开孟买，去往纳西克，在那里可以看到神圣的戈达瓦里河。一天中最热的时候，鲁迪走下汽车，他立刻就知道自己错了，这根本不是什么宗教圣地——没有平和！更没有安静！距戈达瓦里河越近，人就越多，放眼望去，到处都是苦行僧，他们在脸和胸膛上涂满印记，浑身破衣烂衫，悲伤中透着警惕。妇女们在河边的大石头上浣纱，男孩们在租来的小船上消磨时间，朝圣者们则涉水而行。一看到鲁迪，那些卖手镯的、卖炸食的、卖香的、卖印有印度教神祇明信片的人便纷纷拥过来大搞推销。

鲁迪从人群中穿过，顺着一条狭窄的小路走上岸，突然，一个乞丐挡在了他面前。男人脸上的皮肤出奇干燥，面颊和颈部的皮肤颜色深浅不均，呈斑状分布，他脖子上套着条链子，下面拴着一个碗。男人伸出蜷曲的双手，鲁迪这才看见，男人的手指是畸形的，关节以上的部分都不在了，只剩下圆墩墩的根部。噢，上帝，他是麻风病人，鲁迪想。事实果真如此吗？鲁迪掏出钱包——幸好有张小面额纸币可以施舍给他——男人用布满水状分泌物的眼睛看看鲁迪，以示感谢。

此时此刻，鲁迪只想尽快离开纳西克。第二天，他动身前往普纳，在那里，鲁迪邂逅了一位漂亮、勇敢的英国女孩。她带鲁迪去了果阿海滩，在那儿足足住了一个月。但纳西克的所见所闻开始让鲁迪思考关于慈善的问题，他知道自己做不成伟大的善举，但另一方面，世界上还有很多像麻风病人这种需要帮助的人。

当然，鲁迪不想常住印度，他不喜欢那里。但在金奈，他认识了一个长相甜美、言语幽默的女孩（她叫贝瑞，长着一头红发，来自迈阿密）。贝瑞在一所专门招收流浪儿童的学校当志愿者，鲁迪也被她拉来，专门负责陪孩子们在小操场上玩耍。这项工作很简单，把扬声器连在苹果音乐播放器上，再放几首音乐就大功告成了。除了给孩子们放自己喜欢的音乐外，鲁迪还下载了几首泰米尔语的流行乐以及北印度语的宝莱坞音乐。男孩们跳得很欢（简直是嘻哈音乐的原始版），还净做些花里胡哨的怪动作。

将孩子们跳舞的视频放在学校网站上不是什么难事。当时，鲁迪已经回纽约了——贝瑞写信来说学校收到的捐款数量翻了两三倍，已经有好几百万卢比了。这当然是开玩笑，但在某种程度上，鲁迪还是愿意相信她，因为做慈善真的很酷。

鲁迪又开始找工作了（纽约真是个高消费城市），他在简历上做了些修改，说自己曾为金奈的一所学校做过筹措资金的工作，事实就是这样。他被一所顶级文科大学聘用了（有位吸毒成瘾的朋友在那儿读书），将负责为学校募集捐款。事实证明，鲁迪擅长以鼓励的方式说服捐款人掏钱（虽然他们并不情愿），没过多久，他又跳槽到一个规模更大的学校。如今，担任了十年资金筹措人后，鲁迪自愿放弃高薪，到缺人手的“汉森希望中心”担任负责人。中心设在南亚，是专为麻风病人创建的机构，兼具医疗、住宿和学校的功能。

“麻风病没那么强的传染性。”鲁迪经常强调这句话。他们特意在机构名称中加入希望两个字，这样人们才不会谈麻风色变，甚至连机构的传单也不敢拿。你必须强调病人需要照顾这件事，而不是吓唬甚至恶心对方。上帝，早在二十年前，麻风病就能治愈了。鲁迪特意挑选了几张病人的脸部特写登在时事通讯上，他要找有趣的，不能是恐怖瘆人的照片，大部分文章也由他自己撰写。在这方面，鲁迪还是新手，制作时事通讯可比劝校友们给他们亲爱的、历史悠久且极负盛名的母校捐款有难度多了。面对受苦受难的病人，大家一定会踊跃捐款，你千万别这样想，因为根本不可能。

“汉森希望中心”已经有四十多年历史了，创办人是来自美国和平部队的一位富家子弟，董事会成员大多是他家人的朋友，今天仍然如此。成员虽不年轻，董事会却是新成立不久的。鲁迪和这些女士太太们相交甚欢——好吧，他天生就有异性缘——迪迪便是他的密友之一，这次，她专门请来一位“颇具实力”的朋友参加在中央公园举办的年度派对。最近，肯捐款的金主越来越不好找。迪迪的朋友是位样貌出众的女士，乌黑的头发挽成髻盘在脑后，苍白的皮肤、红艳的双唇、一身缀有珠饰的丝绸套装，穿这样的衣服参加花园派对，有些过于讲究了。但法国人穿衣服素来讲究，这不算什么。

鲁迪开始热情地和她攀谈，只给一块萨莫萨三角饺和一杯潘趣酒显然太过生分。她来自巴黎吗？鲁迪去过巴黎。多美好的城市啊。

从某种程度来说，女人都要笑话鲁迪了。“你一定想和我谈谈羊角面包之类的吧。也许，相比之下，我更喜欢纽约。你不会觉得我是个叛国者？”

鲁迪没回答她，而是换了个问题：“你喜欢纽约哪里呢？”

“纽约人不会把优越感挂在脸上，也许他们心里有，只是不表现出来而已。”

“但纽约人没有法国人好看。”鲁迪说。

女人笑笑表示赞同。“如果这是基因决定的，我也会有优越感。”女人说。

当初，自己为何接受迪迪的邀请，参加这场花园派对，莉莉安已经记不清了。她喜欢派对，这没错，但近些天来，她却越发提不起兴趣。她希望自己已经没有那种自我炫耀的需求了（七十一岁的老太婆还到处招摇，不得让人笑掉大牙？），况且，她还要努力融入周围的环境，用英语和别人交谈。我为何要听这些傻瓜说话呢？他们知道得还不如我多呢。莉莉安不禁这样想。

倘若看透了一切，你便会无所适从，这是莉莉安每日都要面临的困境。她知道，和其他东西，比如“汉森希望中心”邀请的客户相比，所谓的困境根本算不上真正的问题，但它就是会驱使莉莉安做出一些意料之外的事，花掉本不归她所有的钱。相较之下，还是年轻时候的她更有自知之明 。

莉莉安的儿子埃米尔总说她愤世嫉俗。在儿子面前，莉莉安从不表现得愤世嫉俗，但埃米尔知道，在面对其他事情时，母亲的态度一贯如此。虽然有时，这对母子也会剑拔弩张，但他们的关系绝对算得上亲密。如今，埃米尔已经四十多岁了，住在利穆赞的郊区。和母亲打网络视频电话时，他那张红润、蓄着络腮胡的脸总让人觉得惊讶，却又非常可爱。

埃米尔的童年并不幸福。莉莉安独自抚养他长大——怀孕时长期疏于保养——那时，政府还未制定针对孕妇的补助措施。莉莉安做过兼职英语导游（收入很低），偶尔还要靠男朋友们接济一下。闺蜜会轮流为她带孩子，但大都不怎么可靠。那是段充满艰辛和绝望的日子，埃米尔尚有些记忆。儿子十二岁那年，莉莉安终于受到幸运女神的眷顾，结识了一位“阿拉伯酋长”。当然，他并非真的酋长——那是大家给他起的外号，因为他父母是摩洛哥人，而且他的名字恰好叫艾哈迈德。事实上，艾哈迈德出生于巴黎，在蒙马特的边界地带拥有一家夜店，莉莉安就是在那儿认识他的。夜店很舒适，气氛也活跃，各式各样的音乐家都来这里演出，他们更能接受新鲜事物，喜欢跟随潮流而动。艾哈迈德从未和莉莉安结婚，但他们同居了很多年，几乎没闹过矛盾。他俩住在莉莉安那间杂乱的公寓里，大部分时间，艾哈迈德都要出去工作，不是等着饮品进货，就是在咖啡馆里会见推销商。莉莉安记得，艾哈迈德是家里的独生子，他把大部分钱都交给母亲保管，有次，莉莉安心生抱怨，他们俩大吵了一架，但事后，莉莉安还是把怒火压了下去。但总体来说，艾哈迈德的脾气真的很好，他为人幽默，性格豁达，头脑聪明，对埃米尔呵护有加。他还给莉莉安买过许多漂亮礼物——只要带百合花图案，艾哈迈德通通喜欢——他叱咤商场，令人羡慕的卓越口才、古怪的幽默感、外加带有调情意味的赞扬，这套花活他一玩就是二十年。

二十世纪九十年代，夜店风靡一时——突然之间，半个巴黎都成了阿尔及利亚民乐的疯狂粉丝，虽然这种音乐已经在法国存在好多年了——赶来排队的人群把街道都堵死了。艾哈迈德抓住机会，在几个街区外又开了另一家夜店，同样是人满为患，我之前从未见过他如此拼命工作的样子。没准还有第三家？艾哈迈德这个大老板可真忙啊，他是忙并快乐着——那些年，他精力充沛得很，每天都兴致勃勃地投入到工作中去。当时，他俩都是五十多岁的老人了，莉莉安也并非毫无所得，她至少添了许多件高档衣服。一件羊绒质地的黑色插肩大衣，一条由著名设计师设计剪裁的红短裙，与莉莉安的气质非常吻合。直到今天，她还保留着这两件衣服。

一次检查坏掉的聚光灯时，艾哈迈德从梯子上掉下来，当场摔裂了他那俊俏、可爱的颅骨，不幸去世，享年只有六十岁。得知消息后，莉莉安号啕大哭，叫声如野兽一般响。她无法接受这个愚蠢到几乎不可能发生的意外——艾哈迈德这种人不该在那个年龄死去。他反应敏捷，身体强壮，没有大多数夜店经营者的坏习惯，而且总能给身边的人带来欢乐。

艾哈迈德的朋友——都是些很棒的男人，莉莉安认识他们很多年了——认为莉莉安不该参加葬礼，因为女人不宜出席典礼。所以，她只好待在艾哈迈德的姐妹家（他妈妈很早就去世了），帮家族中的女性招待来吊唁的客人。

她要怎么办呢？没有艾哈迈德，夜店根本经营不下去。莉莉安能挺过去的，多艰难的日子她都能挺过去，但具体要怎么做呢？音乐家们打算为艾哈迈德举办一场纪念音乐会，而且据说作为音乐会的一项内容，他们还要为莉莉安募集捐款。在此之前，一位律师打来电话，说要和莉莉安交代遗产问题。很显然，艾哈迈德的大部分收益（哪来的收益）都用来投资房地产了。除去留给姐妹们的一大笔资金，艾哈迈德在比弗利山庄还有两套别墅，在奥利也遗留有大块地皮。如今，这些都属于莉莉安了，其价值远远超过她所估计的。莉莉安震惊了——这简直比发现艾哈迈德出轨还让她惊讶。他欺骗了她，给了她致命一击。也许，艾哈迈德是怕她乱花钱才不告诉她自己到底有多少财产。好吧，她的确想挥霍一把。难道艾哈迈德可以对她说不吗？

这个秘密真让人不舒服。莉莉安已经被无边的绝望彻底打倒了，如今又为从天而降的巨额遗产心花怒放，这感觉当真好奇怪。倘若死亡能吞噬一切，那所有的钱是否都归她所有了呢？如今看来，这完全可能。莉莉安什么都没做，只把代理人寄来的关于房租的支票兑换成了现金。莉莉安觉得自己正在犯下某种罪行，正在秘密攫取他人的钱财，而内心却欢喜不已。她成了间谍，艾哈迈德没有妻子，所以她便扮演了这位妻子。这真是份待遇优厚的工作。

“我觉得自己是个骗子。”莉莉安对埃米尔说。

“有人喜欢那种感觉。”埃米尔说。他并不是见钱眼开之人——所以他才住在乡下，靠贩卖奶酪为生——但也没那么天真。

在打理财产方面，莉莉安绝对是门外汉，但她愿意学习，她坚信自己比大多数人聪明。后来，她成了铁腕老板（对此，莉莉安毫不吃惊），警惕贪腐，精明圆滑地应对承包商，提高租金，开除懒散之人，巧妙避税，莉莉安样样做得来。不仅如此，她还抓住最佳时机出售了奥利的地皮。

在报业媒体看来，这算不上什么大手笔，但对出生于砖匠家庭的莉莉安而言，这些钱已经是天文数字了，但在法国，莉莉安从未被错当成出身高贵之人。有一次，她和埃米尔去昂提布度假，酒店中的几个美国人非说莉莉安有贵族血统，真是搞笑死了。埃米尔觉得肯定是这些美国人听到他说自己想念酋长，所以才有此推测。最终，莉莉安和一位美国女士成了朋友，她叫迪迪，身材娇小，待人热情，喜欢在早餐时间讲笑话，晚上，她还和莉莉安一起去听爵士乐。在音乐方面，她还是有些品味的。

有了相互做伴的密友，莉莉安很开心，所以趁着这个假期，她决定和迪迪去纽约。两个女人相处得很融洽，尽管不知为何，迪迪得出了一个近乎滑稽的结论，莉莉安喜欢参加舞会和慈善活动。“这年头，有钱人不多啦。”迪迪说。她的意思大概是原来坐拥三亿的现在只剩两亿了。

莉莉安同样“深陷危机”，损失了不少钱——毕竟，现在不是投资房地产的好时候。之后的一系列挽救措施更是以惨痛收场。她选择去纽约（莉莉安向来喜欢美国人），一个主要目的是暂时逃离生意场，免得自己再把钱投到错误的地方。持续了数月的噩梦早已瓦解了莉莉安的自信。如今的她只想外出旅行，与其让钱打水漂，还不如花掉痛快呢。埃米尔不在乎母亲能留给他多少财产。或者世上没有人不在乎钱？

派对设在一座非常漂亮的公园里，这是政府修建的绿地，位于一百〇五街附近，确实有别于纽约其他地方。景致自然没得说。成排的果树、绿意盎然的草坪，喷泉则是一组用青铜雕成的跳舞的少女。“人们喜欢在这里举办婚礼，但我觉得这公园不够迷人。”一个男孩说。

“谁说婚礼必须要迷人？”莉莉安说。

“我没结过婚，还是您懂得多。”他说。

莉莉安看了他一眼。男孩的头很好看，近似方形，有着说不出的优雅，棕色的头发打了啫喱，整整齐齐梳到脑后，露出前额。

“我的婚礼是在清真寺办的。”莉莉安说。

男孩问莉莉安是否想再要杯潘趣酒，或者来点吃的。

看到莉莉安独自站在那边，迪迪立刻走了过去。“派对很成功，真让人高兴。”她说，“大家欢聚一堂。只为完成一项伟大的事业。”

她们身后站着位女士，头戴可爱的宽檐草帽，但帽子上用来装饰的花朵却格外怪异。她不怎么关心麻风病患者，这是当然的，她为何要关心呢？和美元相比，关心值几个钱？此时此刻，莉莉安的确是这样想的，但有时，她也会善心大发。

男孩回来了，手里端着盘印度蜜饯，据他说，这是用鹰嘴豆粉、糖和经过澄清的奶油制成的，味道相当鲜美。“在印度我就靠这些东西充饥。”他说。

“你在印度时喜欢吃这个？”莉莉安问。

“既喜欢，又不喜欢。很复杂的感觉，令人难以想象。印度就是充满矛盾、充满颠覆性的地方。”

莉莉安越来越喜欢这个男孩了。

“不问问有多少卡路里就吃。”迪迪说，“但你不必担心。”

“她当然不用担心。”鲁迪说，“这是法国人的秘密，不是吗？法兰西人民可是优越感十足呢。”

客人都离开了，服务员正在把椅子折叠起来，鲁迪和助手维纳还在场地上徘徊。“大功告成！”她说，“来的人真不少。”

“这玩意儿太费钱了，”鲁迪说，“利润又低。我们可不是大公司。”

“哦，收益不济又不是一两天了，有什么新奇的？”

“是啊。”鲁迪说，“有我呢。我会带领大家渡过难关。”

就凭他，还谈什么渡难关，鲁迪的老朋友肯定会笑他犯傻。在他们眼中，打扮得西装革履的鲁迪就是个傻帽，整天游手好闲，却假装自己是上班族。他们不知道，鲁迪是专业人士，最擅长劝对方掏钱。谁想被骗子耍得团团转？但面对鲁迪这样谦逊的年轻人，你会心甘情愿把支票递给他的。那才是缴械的意义所在：莫名其妙就被某种东西击中了。

鲁迪带女友们参加过慈善派对，她们无不盛装出席，争着成为全场的焦点。他很庆幸自己目前还是单身。莉莉安是他的重点关注对象。她自视甚高，行事谨慎（她到底是怎么把酋长搞到手的？），和迪迪完全不是一路人。此时此刻，鲁迪还没有时间和她套交情。

玛丽走过草坪，拍拍鲁迪的头。她是公司名义上的老板，体型肥胖，声音柔和，穿一身米黄色的亚麻质地的衣服。“做得不错。”她说。

“哦，你跟所有男孩都是这么说的。”鲁迪回应道。用稍显调情的口吻和她说话准没错。玛丽虽是印度和孟加拉国分公司的董事长，但大部分决策都是当即制订的，根本不用她批准。

“真高兴和你并肩战斗。”玛丽说。十足的废话，这是她的一贯风格。

“汉森希望中心”的经营状况并不乐观。南亚的雨季开始了。去年，暴雨引发的洪水摧毁了至少四家康复中心，如今其中三家的重修工程还远没有完结。鲁迪的邮箱里堆满了经理们请求支援的信件，可谓哀鸿遍野，好像只要说服他就万事大吉了。请不要忘记我们，这是最常见的说辞。

鲁迪的某任女友曾说他在从事一项“高压工作”，后来，他就把这个女孩甩了。亲爱的经理们，听闻你们的悲惨遭遇，我深感压力巨大。好吧。但自从干了这项工作，鲁迪好像喝酒喝得更凶了。当然，他也干了点别的事。

鲁迪离开会场，径直走到公园另一侧（最后的天光总是那样柔和，真漂亮啊，他喜欢这座属于他的城市），乘坐开往布鲁克林区的地铁，返回位于格林堡的公寓。一进门，鲁迪就瘫倒在沙发上，立刻昏睡了过去。这一觉当真漫长，竟好像过去了好多年，再醒来已是午夜十一点了。这个时候除了起床，洗把脸，出去闲逛，还真没什么其他事好干。

鲁迪去了几个街区之外的酒吧，他一边痛饮啤酒，一边听乐队唱歌。这是个后朋克风格的乐团，水平还行，但算不上激动人心。这帮家伙先吼了几首单调乏味的圣歌，然后开始模仿性手枪乐队（从十岁开始，鲁迪就喜欢上这支乐队了），而且模仿得惟妙惟肖。他们声嘶力竭地唱着自己如何想毁灭过路人，因为他们要做无政府主义者。震破苍穹的嘶吼声，这当然不是无政府主义者的“遗作”。问问那些占领华尔街的人，有谁还记得这些歌？鲁迪倒希望他们记得。再也没有人把革命当作信念了，鲁迪深知其中原因，但口齿伶俐的华尔街占领者们也说过，革命的结果并非总是尽如人意。从某种程度上说，鲁迪是仇富的，而他所接触的富人也许是真正的至善之辈。

喊声变得越发高亢，震得人脑袋疼，鲁迪受不住刺激，决定起身离开。他已经不年轻了，实在欣赏不了这种垃圾音乐。但睡觉还为时尚早，鲁迪又走过几个街区，来到一家专门演奏古旧爵士乐和怪异蓝调的俱乐部，光临此地的要么是上岁数的老家伙，要么是暴发户，《泰晤士报》曾经的一篇特写几乎毁掉整个俱乐部。如今，这里的混蛋也算济济一堂了，但那又如何？混蛋也有喜欢音乐的权利。

俱乐部里果真人山人海。鲁迪喜欢鱼龙混杂的地方——一个留着小络腮胡的拉丁裔年轻人旁边坐着位年长的妇女，上穿带兜帽的汗衫，下配缎子质地的宽松长裤，居然还戴着珍珠饰品，她肯定住在富人区。一位垂垂老者正在用钢琴弹奏《我是一只蜂王》。

演出接近尾声，人们开始走来走去，鲁迪挑了个吧台边的好位置。不远处，两位女士一边点着饮品，一边互相逗趣。其中一个好像对英文绕口令不太在行，发音总出错。另一个戴着珍珠首饰的女人正在大笑不止，居然是莉莉安（他没认错吧？），她怎么跑这儿来了？难道俱乐部被列入了旅游指南，连欧洲名流都要来此一探究竟？“您好啊，幸会。”鲁迪朝莉莉安走去。

莉莉安愣了愣神，才想起眼前的男人是谁。“哦，原来是在公园认识的朋友。”她说。

“很高兴再次见到您。”他说，“真是太棒了。”

莉莉安度过了愉快的一晚。她碰到老朋友了，二十多岁时，莉莉安就认识这位美国女人。她叫芭芭拉，上大学时在巴黎住过一年，这次相聚依然是埃米尔通过邮件安排的，整个过程极有戏剧性，这孩子可真够聪明的。遥想青年时代，两个女孩可是夜店的常客，经常在异性堆里摸爬滚打。好多细节，莉莉安已经忘了，她也不想记起来，但芭芭拉却记忆犹新。如今的芭芭拉更显精瘦，皮肤也更为苍白——莉莉安应该认不出来——但一到晚上，年轻时的容颜便开始显现了，那是纽约人特有的凌乱和散漫。

她们的醉是装出来的，但也绝称不上清醒。为什么要清醒呢？芭芭拉的丈夫已经回家睡觉了，而莉莉安总觉得自己好像看到了前男友，他就坐在某张桌子后面。男人来自美国，是个单簧管演奏家，她从他那里偷走了一些现金。不可能，莉莉安甚至无法想象他现在的模样，但如果是他，自己要说些什么呢，莉莉安想。总之，带着那笔钱对你没好处。他是酒鬼，也许已经死了。上次见面，他还在地铁站里吹单簧管乞讨呢。

“您朋友付过账了。”服务生说。他指那位在花园主持派对的男孩。

“您真有绅士风度。”莉莉安用法语向他道谢。

芭芭拉向鲁迪做了自我介绍。

“我认识莉莉安时，她还是个小美女。”

“她现在也是小美女啊。”鲁迪说。

“哦。”莉莉安说，“省省吧。”

钢琴演奏又开始了。老者弹琴的样子很奇怪，好像动动手就会让自己受惊似的。他是莉莉安最喜欢的纽约人。

“你热爱音乐，对吧？”男孩转身说道，“从你走路的姿势就能看出来。”

莉莉安只得大笑：“我在纽约的确没少走路。”

“你必须让我给你当导游，我可是东道主。”

“你能让我看到纽约与众不同的一面？”

“你等着看好啦。”鲁迪说。

哦，她果真愿意等吗？她喜欢这个男孩，但他身上的那股自信却令人反感。莉莉安再次看向弹钢琴的老者。疲惫，却透着静谧的快活，这是怎样的曲调啊。原来人还能这样老去，莉莉安想。

“我带你去好地方转转。”男孩说，“将来，你也可以带我参观巴黎。”

“她可是个好导游。”芭芭拉窃笑着说。

演奏结束后，他们仨起身离开。男孩主动走到旁边街区一个人多的地方，帮忙拦出租车。

“你还真是闪闪发光呢。”鲁迪对莉莉安说，“那条绸缎质地的裤子。”

“希望司机能看到。”芭芭拉说。

“你就是夜空中的明月。”鲁迪说。他伸手拨弄了一下莉莉安的珍珠耳坠。指尖划过她的脖颈。这家伙在干吗？莉莉安想。

鲁迪疯狂地朝一辆出租车挥手，司机靠边停了下来。“告诉我酒店的名字。”鲁迪对莉莉安说，语速相当快，“我会打电话给你，约定观光时间。”莉莉安本不愿说的，但最终还是告诉他了。突然，鲁迪猛地弯下腰，吻了她的脸颊。鲁迪的脸上尽是毛发，扎人得很，还透着汗水和男性皮肤上特有的油脂味。“希望再次见到你。”他边把莉莉安搂在怀里，边低声耳语。这个拥抱持续了很长时间。之后，莉莉安冷冷地瞥了鲁迪一眼，但那时，他正在和芭芭拉握手，根本没瞧见。“好好照顾两位女士。”鲁迪嘱咐出租车司机。

莉莉安因为异性对自己示好而感觉受到羞辱，这还是破天荒头一次。尽管有时她不喜欢对方，但面对那些和自己搭讪、套近乎的男人，她通常不会针锋相对。莉莉安喜欢众星捧月的感觉，事情就是这样。出租车内，芭芭拉处于半梦半醒间，窗外的街道漆黑一片，莉莉安被那个夸张的拥抱惹恼了。换作年轻那会儿，她大概只知道鲁迪想和她上床（谁不想呢），但如今，这却和钱扯上了关系。他是在利用她，利用她在金钱方面的虚荣心。

可惜，她并没那么多钱。羞辱也是白搭。所谓的印度麻风病人就是靠捐赠过活吗？那晚回酒店，莉莉安做了个梦，她梦到自己赤身裸体地坐在满是沙砾的马路边上。她想找东西遮盖住自己——阴沟里的塑料袋、包装纸、肮脏的旧报纸，她把凡是能收集到的废品全堆在大腿上。旁边还有一群同样赤身裸体的孩子，他们也在满地找食物。这些孩子称呼莉莉安为“女士”，他们正在和她说着什么，莉莉安却突然惊醒了。

这里是纽约的酒店，身下铺着雪白的床单，房间里有些冷，美国人酷爱吹空调。她没理由待在这儿，纽约能带给她什么？娱乐，消遣，逃离。这是个粗鲁、野蛮的城市，贪得无厌的傻瓜随处可见：她到底在想什么？

第二天星期日，酒精的作用还未完全消退，他要给迪迪打电话，这是首要任务，鲁迪记得很清楚。她每周都要去教堂，中午才能接电话，所以鲁迪可以慢悠悠地享受他的早餐时光。

“我想问你莉莉安的事。”他说，“捐赠者总想要点回报。你知道，如此才有满足感。莉莉安想要什么呢？”

“你知道我担心什么。”迪迪说，“你没看过照片吗，印度教徒喜欢把神祇的塑像摆在院子里，上面饰有金盏花的花环。莉莉安可能不喜欢那些东西。在印度，教派之间的暴力争斗是很普遍的。”

哦，拜托。迪迪的眼光可是很敏锐的，这次好像有点发挥失常。

“给她点礼物用于祭奠她的丈夫如何？”鲁迪说。

“这个主意很贴心啊。”迪迪说，“我绝对想不到。这就是你的做事风格吧？知道何时该做何事，也知道怎样讨对方欢心。”

“没错，但把麻风病和浪漫两个字挂上钩还是挺困难的。”

“我听说过几个浪漫故事。”迪迪说，“全是你撰写的。”

上期时事通讯的确刊登过鲁迪的一篇特写。在印度的坦贾武尔附近的一座康复中心里有对罹患麻风病的夫妇，贝美拉和潘迪。他们同住一个村，孩提时代就定了亲，后来贝美拉患上麻风病，婚约被迫取消。多年后，他们在“汉森希望中心”偶然重逢，当时，潘迪已然病重，如今在药物的帮助下，他的病情得到了有效控制。贝美拉虽年纪大了，但身体状况也有所恢复，因此，他们决定结婚。

鲁迪要如何把故事改编成新闻体呢？伤害、抛弃、放逐，鲁迪并未提及这些负面内容。但他喜欢这个故事，毕竟是爱战胜了一切，谁不喜欢大团圆结局呢？其实，鲁迪并非爱情至上者。在印度，贝瑞希望他永远留在自己身边，但鲁迪拒绝了，虽然那是他此生最爱的女人。他何不抓住时机，成全那段爱情呢？好吧，他做不到。

鲁迪想到了莉莉安，如今的她不太可能再婚，也许，她真想为亡夫举办一场别具特色的纪念仪式，就像当初印度国王为妻子建造泰姬陵一样。坦白说，除了悼念这个主题，鲁迪实在想不出该如何奉承寡妇。你必须小心行事，即使对方表现出某种痛苦的悔恨或急于发泄隐藏在心底的怒气，你也不能抱怨。追忆讲究抽象，绝不能有一说一。记得有次参加葬礼，鲁迪听到了一份令人无语的悼词，里面竟然包含“她是爱慕虚荣的混蛋”这种句子，朗读者是死者生前最好的朋友，这位死者正是刚被鲁迪甩掉的前女友克拉拉，说鲁迪在从事高压职业的也是她。

克拉拉只不过是用流行心理学的观点对这位称得上高级白领的白人男性表达一下同情而已，鲁迪就把人家甩了，当真不近人情。鲁迪告诉克拉拉她根本不了解这份工作，克拉拉却回应道：“没人愿意搭理你，趋炎附势的家伙。还真以为自己和耶稣一样见识过地狱呢。”克拉拉边说边抹泪，鲁迪却几乎没在意。数月后，克拉拉失足跌入没有标记的电梯井里，不幸身亡。

鲁迪自觉对不起她，当初应该待她好点的，死亡果然与悔恨相伴相生。鲁迪向来留不住女人（许多女人都提到过这点），生于所谓的第一世界，却不带丝毫优越感，鲁迪觉得全世界貌似只有他一人能做到。也许，莉莉安已经领略到他的优点了。

就这样安排。先带莉莉安去远足，见识几个有意思的地方，但不能太累。接近傍晚时，迪迪来找他们，三个人再舒舒服服坐下来喝杯鸡尾酒。鲁迪拨通了酒店电话，告诉莉莉安自己打算带她逛逛附近的街区，而不是去景点打卡。

“我不确定能不能去。”莉莉安说，“我过会儿再打给你好吗？”

放下电话后，鲁迪满心郁闷。难道莉莉安还有其他必须要做的事？鲁迪想起了位于皇后区的杰克逊高地，那里居住着许多南亚人，规模都快赶上孟买了，或者杰克逊高地只是一个城市神话？包裹 beeda 的叶子，摆放在橱窗里镶有珠饰的纱丽，帕特兄弟超市，装满箱的秋葵、苦瓜和柚子，用麻袋分装的三十六个种类的大米，花梨木擀面杖，黄铜质地的圆形大浅盘……她喜欢那里吗？十足的小印度——也许这种说法并不正确。不，她会喜欢那里的。

也许她想参观摩洛哥人聚居区？她的亡夫是摩洛哥人。埃斯托利亚倒有一个小型聚居区，还有家口碑不错的饭馆。

也许，她想去自己长大的地方看看。鲁迪在纽约东村长大，一住就是十八年。父母的方法很明智，他们把公寓细分成几间，鲁迪不仅有属于自己的房间，还有一个专属“树屋”，就是所谓的高架床。他的父母在一家左翼电台工作——这对夫妇脾气暴躁，整天像着了魔似的，从来不管孩子。在鲁迪的少年时代，母亲不幸罹患白血病，这种慢性病拖垮了她的身体，死神已近在咫尺。鲁迪和父亲每天都给她做饭，日日夜夜为她演奏她喜欢的歌曲，包括奥蒂斯·雷丁、约翰·列侬和“乡村乔与鱼乐队”的音乐。如今，鲁迪的父亲和现在的妻子住在纽约州北部，但第二大街的老邻居们还在，几乎没什么变化。

鲁迪会给莉莉安一两天时间考虑，他不想给对方施加压力。要么愿意，要么不愿意，答案无非这两个。倘若莉莉安拒绝怎么办？她给“汉森希望中心”捐款的可能性究竟有多大？鲁迪认为是百分之三十。他时不时地会像投资银行家那样思考问题。如果能摸清她丈夫的情况就好了，展开工作会更容易。莉莉安用的是娘家的姓氏，所以网络搜索这条路走不通。摩洛哥到底有几位酋长？查来查去都是宗教领袖，这个思路可能不太正确。

泰米尔纳德邦的儿童救助中心仍在漏雨，这可够荒谬的，如果能说服那位枯燥无趣、打扮过于讲究的老女人掏钱，维修工作早完成了。世道真是糟透了，怎么就没人愿意惩治这些为富不仁的家伙呢？鲁迪真想榨干那个老女人，让她把钱都吐出来，他真的想，可惜就是做不到。

那天晚上，鲁迪相当郁闷。他在利文顿街的酒吧里坐了好几个小时，一杯接一杯地灌啤酒，他要用酒精压灭心头的怒火（喝高了的人都会犯这种错误）。不仅如此，他还和某个呆子就拟建在世贸大厦遗址旁的建筑物的名字的问题聊得热火朝天。

“五十一号公园。”鲁迪说，“那里叫五十一号公园。”

鲁迪想到了莉莉安，纽约的黑暗面竟要悉数暴露在她面前，真令人感到羞愧。“我是家财万贯的恐怖分子，为了这个项目，我可是倾尽所有啊。”鲁迪说，“你看不出来吗？”

“你真会讲笑话。”男人说。

“我是暴徒。”鲁迪说完就起身离开了，给人一种冒傻气的感觉。

对莉莉安来说，纽约纵有千般不是，所幸物价比法国便宜。当然，有的橱窗商品也不怎么好看，但布卢明代尔百货公司当真值得一逛，莉莉安买了件极称心的太阳裙和三件不同颜色的薄纱上衣。她有足够的欧元，血拼不成问题，虽然投资失利，但也没到穷光蛋的程度。给埃米尔买点什么呢？对于衣服，他丝毫没有兴趣，唯一的例外是艾哈迈德送给他的那件弹力羊驼呢高领毛衣，埃米尔一直穿到现在。艾哈迈德更极品，别人送他什么，他都要转送出去，比如那件阿玛尼运动夹克。莉莉安本是买给他当生日礼物的，后来却被他转送给了俱乐部的鼓手，但艾哈迈德绝不会让送礼人有受辱的感觉——他性格幽默，为人正直，办事相当牢靠。

在布卢明代尔百货找到埃米尔喜欢的东西是不可能了，但莉莉安却看中了一款非常漂亮的袖口手镯，黄铜材质，上面镶有大块的珊瑚和绿松石。价格虽超过心理预期，但她还是买了。刚把手镯放进购物袋，莉莉安就动摇了，甚至心生悔意。钱反正花出去了，就这样吧，莉莉安装作视而不见，好像故意和自己过不去似的。

睡觉前，莉莉安收到了儿子的短信，她非常高兴。奶酪销量不错，也就是说大部分都卖出去了，没留在仓库中发霉。

莉莉安是绝对的拜金女，然而，从那天起，她忽然就对金钱失去兴趣了。哪天？就是从美国单簧管演奏家那里偷走钱的那天，莉莉安从没觉得自己对不起他。他要钱有何用？只能把自己醉死了事。

那时的莉莉安可是个尤物，成天穿着入时的衣服，只为钓到金龟婿。事实证明，她果真成功了，一个四十多岁的成功男士简直被她迷得团团转。他是家乐福公司的副总裁，多金又深情，据说前妻是个身材矮胖的家伙，这种女人哪有魅力可言。男士貌似对莉莉安很满意，她既漂亮又风趣，和自己很相配。总体而言，这个男人还不赖，但就是喜欢命令别人。比如，他要求莉莉安凌晨两点来他家，约会穿什么也得他说了算。一次，在出租车里，莉莉安当着他朋友的面对他提出异议，这家伙居然大发雷霆，丝毫不给莉莉安留脸面。“财富上不平等，哪来礼貌可言。”莉莉安的朋友，信奉马克思主义的伊薇特说道。为了挚爱的男人放下自尊，这种事并不少见，莉莉安也可以做到，但被你不爱的人精神虐待就很掉价了。莉莉安本以为在这段关系中自己可以成为赢家，哪知最终还是铩羽而归。

之后，莉莉安又交过许多任男友，其中也有穷光蛋级别的人物，直到她发现自己怀上了埃米尔为止，但至少，她还是喜欢过这些男人的。莉莉安从没意识到自己居然是个纯粹主义者。

第二天，鲁迪仍没接到莉莉安的电话。她并不讨厌你，鲁迪劝自己，不，也许她真的讨厌你。那个拥抱就是证据，他清楚地记得莉莉安脸上的怪异表情。哦，该死，他究竟怎么了？他去过马来西亚、印度尼西亚的苏门答腊岛和印度北部，在这些地方，你甚至不能和女人握手——他到底犯什么病了？

转天早晨，上班还不到五分钟，助手维娜就来通知鲁迪，说莉莉安打电话过来了。“你必须带我见识下真正的纽约，不能只在贵得要死的富人区转悠。”莉莉安说。

“都听你的。”鲁迪说，“你准备好了我们就出发。”

“真正的纽约。”她说。

一个人最想要的到底是什么？和准捐款人沟通感情时，鲁迪总要这样思考问题。莉莉安这种富有魅力、容颜不减当年的美人，也许她最想要的是他人的艳羡。丝绸长裤和睫毛膏不是为了给自己看的。鲁迪本可以找几位男士随行，为莉莉安营造出众星捧月的感觉，但这样不太正式，而且他必须充分利用和莉莉安独处的时间，说服她为机构捐款。多奇怪的职业。想当初为大学工作时，鲁迪要帮同事们制作金字塔图表，需要多少笔捐款，每笔捐款数额多少，这些都是有待统计的内容，但“汉森希望中心”的经营模式没那么严谨。据鲁迪调查，莉莉安的名下只有一家法国小公司，其资产转移速度非常之快，鲁迪百分百确定，莉莉安拥有的财产绝不仅限于这些。而且，据调查显示，莉莉安在此之前从没向任何慈善机构捐出过大笔现金

（欧元），这算不上好消息。也许，“汉森希望中心”能开此先河。这个时刻你将永远铭记。

鲁迪甚至不相信慈善这回事，人类需要的是正义，而非施舍。鲁迪生长于左翼分子家庭，他深知正义的重要性。但这些麻风病人已经等不及了，他们等不到印度政府建立全民免费医疗的那天。死亡是不可阻挡的，但金钱却可以延缓死神的脚步。

当初混迹于俱乐部时，鲁迪曾和一个女孩约会过。她经常在凌晨五点钟走出某个聚会场所，衣服镶满亮片，满头满脸全是汗，头发横七竖八凌乱不堪。女孩会在地上留下一张二十美元的钞票，等待某个同时出没的幸运儿捡走。每次回家前，她都要这么干，因为在她看来，这是份幸运。当时，鲁迪的母亲已病入膏肓，他认为女孩根本不懂幸运的真正含义，但即便如此，他也照做了。鲁迪将钞票塞入地铁站围栏或人行道的缝隙中，有时是五美元，有时是十美元，每次塞钱，他都要在心里默念：请拿去吧。

现代民间组织不会拿幸运做幌子募集善款，虽然全世界的人都坚信在雕像周围放钱可以带来幸运。鲁迪听迪迪谈论过“赐福”一说，但他知道迪迪绝不会和莉莉安提及此事，以这种不当的方式招人取笑，可不太明智。

鲁迪想带莉莉安去康尼岛——既时髦，又不太危险——这会儿正在用公司电脑查阅相关信息，恰在此时，维娜按铃，通知他莉莉安来了，她就在这儿，就在办公室里。这是个非常好的兆头。捐款人喜欢把慈善公司当成自己的地盘，而且是可以随意出入的那种。

可惜，维娜刚把莉莉安领进来，她就开始道歉：“你肯定觉得我糟糕透了。”莉莉安是来取消约定的，她要和芭芭拉去纽约州北部的乡村看什么房子。

那坐一分钟，喝杯冰茶再走总可以吧？

她也许愿意配合。

“也好，我正想休息休息。”鲁迪说，“一家专门收留儿童的康复中心正在漏雨，屋顶坏了那么长时间都修不好，真是令人难过。”

“是啊，哦，屋顶。”

“我希望那个地方快点修好，因为过不了多久，贝美拉和潘迪就要在那里举行婚礼了。他们幼时订婚，但贝美拉染上麻风病后被村民赶了出去。历经多年，他们居然再次相遇。这个故事太棒了。”

鲁迪不是最擅长讲故事吗？

“都快赶上宝莱坞电影了。”他说，“失而复得的真爱。”

鲁迪给莉莉安看了电脑中他们的照片。潘迪留着小胡子，身穿白色短袖上衣，系着带格子图案的腰布，贝美拉穿着碎花图案的棉质纱丽，他们的笑容相当灿烂。

“他们身后是什么教堂？”莉莉安问。

“这是公理会教友经营的康复中心，也是个以虔诚著称的基督教派，教友们工作十分努力。无论出自何种原因，人们总能做出正确的事。这就是我的观点。你明白我的意思吗？”

她好像不太明白。维娜终于把茶端来了——该死，她怎么耽搁这么久？——谢天谢地，鲁迪可以借机喘口气，琢磨下一个话题。

这就叫办事不力。上次出糗还是在印度，做什么错什么。对于金钱这东西，他到底了解多少？他怎么会鬼使神差地应聘一个整天靠数钱、看钱过日子的工作？也许，他的愚蠢之处就是不够爱钱，对足以操纵世界的金钱不够重视，所以才要遭受处罚。

莉莉安讨厌冰茶，除了糖就是冰块。

“你和丈夫去过摩洛哥吗？”鲁迪问，“婚礼是在那里举办的？”

“我们的婚礼非常壮观。”莉莉安回答，“我是被别人扛进新房的，然后在铺了软垫的桌子上坐定，全身戴满了黄金首饰，手上脚上还有用指甲花染料绘制的图案。我丈夫坐在他朋友的肩膀上。音乐也动听极了，有长长的喇叭，还有许多鼓。”

其实，这是艾哈迈德表亲的婚礼。莉莉安在他的姐妹那里看过录像。谁能想象她会打扮成那样？

“倘若屋顶能修好，贝美拉和潘迪会十分高兴的。”

“那是当然。”

“去年，我们失去了好几位捐款人，因为他们把钱投给了马多夫。”

“十足的骗子。”莉莉安说，“大骗子。也许他喜欢说谎。”

“我喜欢人们为纪念配偶而送出的礼物，比如沙·贾汗为蒙塔兹修建的泰姬陵。那才是爱的显现。”

就他，还知道什么是爱？怒火在莉莉安的心底默默升腾着。他根本不知爱为何物。

莉莉安想起她那两次因爱受伤的经历。第一次，埃米尔只有两周大，这孩子相当好动，一秒钟都不让她睡觉，一个人带孩子真是令人崩溃，那种无助感太可怕了，莉莉安从未有过这种体会。埃米尔的爸爸和一个从法兰克福来的女孩私奔了，当时莉莉安还不知道自己怀有身孕。一个朋友带着可口的热饭菜来看她，还建议莉莉安把孩子交给福利院抚养，莉莉安二话没说，直接朝她啐了过去，唾沫正好喷在这位女友的脸上。多么戏剧化的一幕，从此，她失去了这位有用的朋友，这真是爱的显现。

第二次是和艾哈迈德。那时，他们刚刚同居，莉莉安确定，艾哈迈德和另一个女人仍有来往。那是他以前认识的，有时这个女人还会在俱乐部献唱，艾哈迈德经常凌晨回家，上床前总要洗个澡，然后为莉莉安准备好丰盛的次日午餐。如果自己对艾哈迈德发火，他很可能一去不归，所以莉莉安决定装聋作哑——她竭尽所能，说服自己沉住气，千万不要轻举妄动，最终，艾哈迈德主动和那个女人分手了。

莉莉安仍然记得艾哈迈德躺在自己身边的感觉，刚刚出浴冒着水汽的身体，枕头上湿漉漉的头发。保持沉默（因为她没遇到别的好男人）意味着在漫长的艰难岁月中，莉莉安甘愿扮演低声下气的角色。另寻新欢容易，但想找第二个艾哈迈德却不可能了。

艾哈迈德经常从俱乐部带剩菜剩饭回家以节省开销，埃米尔特别能吃。他是什么时候富起来的，肯定不是那时候。艾哈迈德向来出手大方，这是夜店店主的"通病"，不管哪位演奏者带妻子来，他都会买香槟招待人家，除此之外，还要给他们新出生的宝宝送上婴儿床和婴儿推车。几乎所有人都得过他的恩惠。

然而，艾哈迈德却很少露富，不愿让别人知道自己有多少房、多少地、多少钞票。在他看来，财富和根茎一样，适合在黑暗中生长，待到时机成熟，方能显露真身。艾哈迈德到底什么时候才愿意告诉她真相？如今，借助丈夫的遗产，莉莉安成了家财万贯的富人，有时她会忘记这点，她已经习惯用富人的思维考虑问题，比如眼前的一切都是自己应得的。

生活窘迫，精于算计是必需的。每当家里断粮，莉莉安总要穿着华丽的衣服，剪个时髦发型，故意到富人区兜圈子，有些绅士会主动为她买单。那时，她还年轻，有碰运气的资本。但她会小心行事，精准判断，从不靠近危险分子，莉莉安绝非胸大无脑、不计后果的笨女人。

"有时，年岁较大的捐赠人会立下遗嘱，用遗赠的方式捐款。"鲁迪说，"那是另一种形式的慷慨解囊。"

什么？他居然当着莉莉安的面说这些，简直难以置信。难道他觉得她快死了？

“参观泰姬陵的游客。”莉莉安说，“不想看到穷人吗？”

鲁迪一脸困惑。

“在法国，我会给流浪汉钱。”

“我也是，尤其在街上碰到他们的时候。”

“不，不。”她说，“我指的不是硬币。法国有个基金会，我是主要捐款人，专门资助街头音乐家，就是靠演奏乐器乞讨的那些家伙，有的水平可真不赖！”

“太棒了你。”

“我已经为他们做得够多了。手里没剩多少钱，但我十分高兴。”

“我们的许多麻风病人都无家可归。”鲁迪说，“好吧，不能说成我们的麻风病人。”

“就是你们的，反正不是我的！”莉莉安大笑着说。

“苦难者太多了，就在我们居住的城市里。”鲁迪说，“也包括纽约。”

“真希望去乡村小住些日子。”她说，“山里要凉快些，对吧？日子过得也平静。”

“你和朋友们肯定会度过一段美好时光的，我知道。”鲁迪说，“我们会想你的，但我不会阻止你离开。”

他放弃了，莉莉安看得出来。他知道什么是彻底失败。鲁迪向后捋捋头发，又揉揉眼，好像此时此刻只有他一人在场。

但这并非故事的最终结局。莉莉安明白，是道别的时候了，回巴黎前，她和鲁迪也许不会再见面了。尽管他犯了傻，企图以这种方式说服她捐款，但无论如何，能认识这位小伙子，她还是很高兴的。也许，出于礼貌，莉莉安应该象征性地捐点钱，因为她并非铁石心肠之人。

“也许贝美拉也会用指甲花染料在手上画些图案，印度也有这个传统。”鲁迪说。

他就不能不说话吗？莉莉安发觉自己竟已伸出手去，好像她的手背上也涂着指甲花染料。孩提时代，每当爸爸用皮带扣抽打她作为惩罚时，莉莉安会乖乖伸出手去，那是另一个故事了。也许，贝美拉也有相似的经历。活着不易，这个道理莉莉安明白，不用别人告诉她。

“希望她和我一样，也能有个美好的婚礼。”莉莉安说。

艾哈迈德总说他讨厌法国人的吝啬。离开办公室前，莉莉安通过信用卡捐赠了一万五千美元。她突然有些自我陶醉了，她也不明白自己为何那样做。没准鲁迪还认为她捐得少呢——谁知道大家都捐了多少钱？——但他依旧向她温柔地道谢，说这笔钱可以用来修补漏水的屋顶。

“这个秋天，孩子们可以不被雨淋了。”他说。

在回酒店的途中，莉莉安兴奋得不知所以，就像痛痛快快地血拼了一场一样。她的确花了不少钱。莉莉安已经等不及要告诉埃米尔了，谁让这家伙总认为自己老妈肤浅的。

突然，莉莉安怀疑自己是否犯了某个错误。她来纽约是为了摆脱投资失利的阴影，谁知竟又折腾掉一大笔钱。简直可笑死了，竟和老木偶剧差不多，到处都是滑稽的反转。他装作好孩子的样子，对她纠缠不休，她却猛然转身，吓了他一跳。她知道怎么做才能让他猝不及防。她一直都知道。

果然是怪异的故事：大老远去趟纽约，只为给南亚的穷人捐钱，还是些与她素未谋面的穷人！她还从未做过这种事。只要想做，何时都不晚！她要用一种尽量不冒傻气的方式讲述这个故事，或者干脆不让第二个人知道。

如今莉莉安成了麻风病人的朋友，她习惯了这种感觉，她也喜欢这种感觉。纽约——既丑陋又有趣的城市——之行成功告一段落。笨男孩鲁迪也许正在办公室里接受同事们的祝贺，或者他们正举着小塑料杯，准备为莉莉安的慷慨解囊而干杯。为莉莉安干杯！希望这是鲁迪的提议。道别时，这家伙居然没和她拥抱，真够粗鲁的。

莉莉安想把自己的善举告诉艾哈迈德。他一定会欣赏她，也定会展露出灿烂的笑容——对这种出自善意的冲动行为，他总是赞赏有加。他绝不会任由他人嘲笑莉莉安，说这是荒唐之事。谁会嘲笑她呢？世界上真有人嘲笑她吗？莉莉安这辈子还从未被别人嘲笑过。